KB114927

보신제일주의

보신제일주의 4

김용진 新무협 판타지 소설

초판 1쇄 찍은 날 § 2016년 8월 23일
초판 1쇄 펴낸 날 § 2016년 8월 30일

지은이 § 김용진
펴낸이 § 서경석

편집책임 § 조현우
디자인 § 신현아

펴낸곳 § 도서출판 청어람
등록번호 § 제387-1999-000006호
등록일자 § 1999. 5. 31
어람번호 § 제2-2680호

주소 § 경기도 부천시 원미구 부일로 483번길 40 서경B/D 3F (우) 14640
전화 § 032-656-4452 팩스 § 032-656-4453
http://www.chungeoram.com
E-mail § chungeorambook@daum.net

ⓒ 김용진, 2016

ISBN 979-11-04-90943-6 04810
ISBN 979-11-04-90695-4 (세트)

※ 파본은 구입하신 서점에서 교환하여 드립니다.
※ 저자와 협의하여 인지를 붙이지 않습니다.
※ 이 책은 도서출판 청어람과 저작자의 계약에 의해 출판된 것이므로,
   무단 전재 및 유포·공유를 금합니다.

보신제일주의

김용진 新무협 판타지 소설

FANTASTIC ORIENTAL HEROES

4

청어람
도서출판

一 . 파군ㅡ두 번째

쿠르릉!

포효에 뒤따르는 힘이 산천을 뒤흔들었다.

낙안봉으로 향하던 태허 진인의 발이 잠시 멈췄다.

땅이 가볍게 진동하고 작은 자갈 따위가 그에 맞춰 춤춘다. 이미 포효가 아니라 작은 태풍이라 해도 좋을 수준이었다.

태허 진인은 아직 거리가 꽤 남은 낙안봉을 바라보며 얼굴을 굳혔다.

포효에 담긴 힘도 경악스러울 지경이었지만 태허 진인이

얼굴을 굳히고 긴장하는 것은 그 때문이 아니었다.

악의와 적의, 살의가 뒤섞이고 세상의 온갖 부정한 사기(邪氣)를 담은 공기가 끈적하게 전신에 달라붙는 것 같았다.

'…좋지 않아.'

낙안봉 중턱의 이름 없는 골짜기, 그곳에 있는 영지에는 화산파가 화산에 자리 잡기 전부터 대호(大虎)가 터를 잡고 살아간다는 것은 이미 알고 있던 이야기였다.

또한 그것이 단순한 맹수가 아니라 살업을 피하고 스스로의 수행에 힘쓰는 영물(靈物)이며 화산파가 세워진 이후 근 이백 년간 제 영역인 영지에서 나온 적이 없는 은둔자이기도 하다는 것도 안다.

어쩌다 한 번씩 볼 수 있었던 모습은 상서로운 기운을 전신에 두른 신수의 모습이었다.

그런데 지금은 피부가 따끔거릴 정도의 마기가 포효에 담겨 전신을 때려댔다.

'정말로 그것이 마물이 되었다면……'

단순한 마물이라면 걱정할 것은 없었다.

화산파는 무문이며 동시에 도문, 무림인이라고는 하나 그 근본은 도사다.

잡귀를 물리치고 제사를 주관하며 마물을 퇴치하는 것은 다른 누구도 아닌 그들이 할 일이었다.

하지만 이렇게나 걱정하는 이유는 '그것'이 천하에 이름 높은 고수들도 눈 아래로 여길 정도로 강하다는 이유에서였다.

태허 진인은 그것의 모습을 직접 두 눈으로 보았다. 한 갑자도 더 전의 일이었다.

들불처럼 일어나던 민란과 전쟁으로 천하가 소란스럽던 그 시절에 화산을 오른 자들이 있었다.

그들은 북방출신의 원나라 무인들로 낙안봉의 대호에 대한 소문을 듣고 영물 사냥을 위해 산에 오른 자들이었다.

수백의 병사와 두터운 갑주와 각종 병장기로 무장한 무인 수십 명과 당대 천하십대고수 중 셋이 대호를 사냥하기 위해 모였었다.

그 시절 천하십대고수는 비록 한인들을 제외한 것이기는 했지만 그렇다고 해도 그들의 강함에 거짓은 없었다.

오히려 빈번한 전란 속에서 갈고 닦은 실전적인 무공은 어느 면에서 지금의 구파 장문인들 이상이라고도 할 수 있었다. 그런 그들이 낙안봉에 올라 단 한 명의 생존자도 남기지 못하고 모두 죽었다.

당시 길 안내를 위해 강제적으로 끌려 나왔던 태허 진인은 아직도 그 광경을 기억한다.

'지옥이었지……'

갑주째로 찢겨나가는 인간의 사지와 푸른 산천초목을 붉

게 물들이던 더운 피, 무력하게 죽어 대지에 몸을 눕히는 무인들, 비명과 공포, 그 위엄까지.

단순히 길 안내만을 했던 것을 알아본 것인지 대호는 태허 진인에게까지 직접적인 해를 끼치지는 않았지만 눈에 박혀든 참상마저 사라진 것은 아니었다.

그 뒤로 얼마간 그날의 광경이 가져온 공포와 심마에 시달려야 했다.

그러다 겨우 정신을 수습하고 난 뒤에는 그 심마와 공포에서 벗어나기 위해 미친 듯이 검을 휘두르고 내공을 쌓았다. 결과적으로 한순간의 경험은 그를 신검이라는 과분한 별호까지 얻을 수 있게 해준 원동력이나 다름없었지만 그때의 공포를 다시 봐야 할지 모른다는 생각에 몸이 굳는 것은 어쩔수 없었다.

"장문인."

그날의 광경을 다시 떠올리고 있던 태허 진인은 그를 부른 소리에 뒤를 돌아봤다.

등 뒤에는 그를 부른 장로 한 명을 제외하고도 십여 명의 노고수들이 그를 쳐다보고 있었다.

평시라면 화산 다섯 봉우리에서 제각각의 수행에 힘쓰고 있을 장로들이었지만 며칠 전부터 습격에 대비해 거처에서 나와 연화봉에 머무르고 있었고 지금은 이렇게 태허 진인의 뒤를 따르고 있었다.

"뭔가 걱정되는 것이라도 있으시오?"

"아닐세. 가지."

태허 진인은 고개를 흔들어 차오르는 걱정과 불안을 떨쳐 냈다.

그날의 자신과 지금의 자신은 절대적인 격차가 있었다. 만일 그 대호와 싸운다 할지라도 무력하게 당하지는 않으리라는 자신감이 되살아났다.

태허 진인은 땅을 박차고 다시 속도를 높였다.

자하진기의 노을빛을 흩뿌리며 산길을 내달리고 그 뒤로 날카로운 기파를 감추지 않고 뿜어 내는 장로들이 뒤따랐다.

*   *   *

콰드득!!

남청색 거체가 스치고 지나간 자리는 화탄이라도 떨어진 듯 처참하게 박살 났다.

수백 년을 살아왔을 아름드리나무가 썩은 나뭇가지처럼 가볍게 꺾여 부러지고 거대한 바위가 마치 두부처럼 패이며 발톱 자국을 선명하게 남겼다.

그저 움직이는 것만으로 주변 모든 것을 파괴하는 모습은 전율적이었다. 압도적인 파괴는 실로 오금이 저릴 일이다.

바로 납탑파군이 그랬다.

후웅! 콰아앙!

휘두른 앞발을 피한 단사천 대신 그 자리에 있던 몇 그루째인지 모를 나무가 쓰러졌다.

거체에 어울리는 괴력도 괴력이지만, 속도 또한 살아 있는 육신이라고 믿기 힘들 정도로 빨랐다.

화산파 무인들이 상대할 때보다 훨씬 더 빨라진 것 같았다.

하지만 파군을 상대하는 단사천의 몸놀림에는 적게나마 여유가 있었다.

[크르르……!]

몇 번이나 이어진 헛발질에 파군이 살의를 가득 담은 울음소리를 흘렸다.

살의 위로 덧칠된 분노가 넘실거리는 눈동자 가득 단사천의 모습이 담겼다.

파군의 자세가 낮게 내려앉는다. 인간의 것과 비교할 수 없는 맹수의 근육이 두꺼운 모피 위로도 알 수 있을 만큼 선명하게 부풀었다.

'온다!'

쿠웅!

체적이 배는 부풀어 오른 것 같은 모습을 내보임과 동시에 파군의 거체가 허공을 갈랐다.

단단한 바위에 깊은 족적을 남길 정도의 각력은 파군의 몸을 포탄처럼 쏘아 보냈다.

하지만 그 포탄의 궤도에 단사천의 신형은 없었다.

겨우 몇 걸음 차이로 파군의 육탄돌격을 피해냈다.

강렬한 풍압에 옷자락이 거칠게 휘날리지만, 피해는 없었다. 결국 파군은 제 속도를 못 이겨 한참을 더 날아가 절벽에 거체를 들이받았다.

콰아아앙!

피어오르는 흙먼지 너머로 이는 살기에 다시 발을 옮기자 그 자리를 남청색 포탄이 할퀴고 지나갔다. 찢겨나간 바위에서 튀어 오른 돌조각들을 걷어 내며 신형을 돌려 파군을 마주한다.

그만한 속도로 바위에 몸을 부딪쳤으면서도 아무렇지 않은 파군을 단사천은 질린 듯 바라보다 무뎌진 집중력을 다시 끌어 올려 파군의 모습을 눈에 담았다.

'이번에는 왼쪽으로.'

미숙한 천원행의 보법으로는 도무지 피할 수 없을 속도와 기세였지만 일말의 여유를 남기고 파군의 광폭한 공격을 피해낸다.

크르르륵!

이유는 간단했다. 파군이 일직선으로만 내달리기 때문이다. 어떤 수 싸움도 없이 그저 직선으로 연결된 거리를 가로질러 달려든다.

상식을 아득히 초월한 육신이 만들어 내는 속도는 마찬가지로 상식으로 재단할 수 없는 속도였지만 단사천의 눈은 그 궤적을 분명히 쫓고 있었다.

파군의 거체가 아무리 빠르게 움직인다 한들, 그가 내지르는 초속의 발검보다는 느렸다.

무광검도의 쾌검으로 단련된 눈은 파군이 달려들기 직전에 근육의 전조, 시선이나 발의 방향 같은 모든 단서를 놓치지 않고 잡아내 궤도를 읽어낸다. 그렇게 읽어낸 궤도를 바탕으로 파군보다 반 보 먼저 움직인다면 충분히 대응이 가능했다.

후우웅!

이번에도 비슷하다. 파군의 거체를 일보(一步)의 짧은 간격으로 피해낸다. 뒤따르는 맹렬한 공기의 와류에 신형이 흔들리지만 얼마든지 버텨낼 수 있는 수준.

무의미한 헛손질의 연속이지만 파군의 움직임은 변하지 않는다. 대책을 세우고 행동에 변화를 줄 수 있을 정도의 지성이 대호의 뇌에는 남아 있지 않았다. 골수까지 치민 마기는 사고를 앗아가 버렸다.

이제는 여느 짐승과 다를 바 없는 파군이 헛손질을 반복한 끝에 할 수 있는 것이라고는 포효를 내지르고 더욱 끓어오르는 분노와 살의를 무절제하게 흩뿌리는 것 정도였다.

[크허어엉!!]

파군의 입에서 터져 나온 포효에 파군을 중심으로 커다란 동심원이 그려진다. 공기가 물결치듯 떨리며 나뭇조각, 자갈할 것 없이 튕겨 날아들었다.

어중간한 도검으로는 상처도 낼 수 없는 철갑과 다름없는 육신을 지녔기에 상대의 대처 따위는 신경 쓰지 않고, 그저 정면으로 돌진해 날카로운 발톱과 강대한 완력으로 상대를 분쇄한다.

복잡한 수 싸움 따위는 전혀 생각하지 않는 지극히도 단순한 힘, 그 신체에 갖춰진 힘이야말로 산중왕에게 주어진 가장 강대한 무기이며 수백 년을 살아온 대호의 진가였고 괴물이라 불러 마땅한 위용이었다.

꽈아아앙!!

재차 폭음이 울려 퍼지고 흉하게 패인 구덩이에서 파군이 사나운 울음과 함께 걸어 나온다.

이번에도 단사천은 파군의 무자비한 폭력을 피해냈다.

한순간이라도 집중을 흐트러뜨리면 죽음으로 직결되는

상황.

'그래도 슬슬 움직임이 눈에 익는다.'

단사천의 눈이 깊게 가라앉았다.

부러진 이빨을 그대로 드러낸 파군이 다시 자세를 낮추고 근육을 부풀린다. 다음 순간, 굉음과 모래먼지를 피워내며 파군의 거체가 달려들었다.

대지를 박차고 날아오는 파군은 처음에 비해서 한층 더 빨라졌지만 단사천의 시계(視界)에 비치는 파군의 돌격은 여전히 느긋한 발걸음이나 다름없었다.

그를 노리고 휘두른 앞발을 아슬아슬하게 피하며 거리를 벌리는 것과 함께 무광검도의 흑선이 파군의 안면을 향해 이어졌다.

노렸던 것은 직전에 입힌 상처지만 고속으로 움직이는 파군의 돌진을 피하면서, 동시에 겨우 몇 치 되지 않은 그 상처를 정확히 노리는 것은 불가능했다. 눈으로 보는 것과 손을 뻗어 닿는 것은 난이도의 차원이 달랐다.

결국 검극이 닿은 곳은 눈 바로 밑이었다. 반 치, 겨우 그만큼의 거리가 부족해 급소에 닿지 못한 검이었다.

카가가각!!

갑주를 베어 내는 것 같은 날카로운 소음과 함께 파군의 눈 밑 살가죽이 찢기고 핏물이 흩날린다. 보통의 짐승이라면 그대로 두개골을 꿰뚫고 일격에 절명시켜도 이상할 것 없는 검력이었지만.

[크르륵!!]

그럼에도, 강철과도 같은 파군의 육신에 있어서는 치명상은커녕 고통으로 얼룩진 비명을 이끌어 내는 것조차 불가능했다.

파군의 입에서 흘러나온 것은 어디까지나 비명보단 분노에 가까운 울음소리였다. 고통의 기미는 미약했고 화만 더욱 돋울 뿐이었다.

하지만 그것과는 별개로 재차 얼굴 근처에 생겨난 상처에 파군도 당장 공격을 이어갈 생각은 없는지 단사천을 관찰하듯 노려보며 거리를 유지하고 있었다.

*   *   *

파군은 눈앞의 작은 인간이 가한 공격에서 비롯된 고통에 얼굴을 일그러뜨리며 뒤로 물러났다.

거리를 벌린 뒤에는 털을 곤두세우고 자세를 낮췄다.

공격을 위한 자세가 아니라 언제라도 상대에 반응해 튀어나갈 수 있는 태세, 산중왕의 위엄과 어울리지 않는 긴장과 경계를 여과 없이 드러내는 모습이었다.

마기에 제대로 돌아가지 않는 이성은 굳어 멈췄지만 그래도 본능은 살아 있었다.

그리고 그 짐승의 야성은 안면에 새겨진 두 줄기 검상(劍傷)에서 느껴지는 아릿한 고통에 집중하며 작디작은 인간을 경계하고 행동에 조심성을 가지라고 종용하고 있었다.

적지 않은 영기를 품고 있는 이 인간은 그 힘을 제대로 쓸 줄 모르는 것 같았지만 그것과는 별개로 위험하다는 사실은 변함이 없었다.

파군은 먼저 움직이지 않는다. 거리를 벌리고 상대를 살폈다. 이미 두 번이나 상처 입었다. 더 이상의 상처는 사양이었다.

아무리 작은 상처라고 해도 야생에서는 치명적인 상처가 된다. 하물며 이빨이 부러지고 피륙이 찢기는 것은 이미 사형선고를 받은 것이나 다름없었다.

부러진 이빨에서 느껴지는 통증에 얼굴을 찌푸린 파군은 긴장감을 팽팽하게 유지하며 작은 인간을 노려보았다. 하지만 그럼에도 상대의 움직임을 포착하지 못했다.

퀴이이잉!! 파아앙!

재전의 신호는, 또다시 그 공격이었다. 경계를 갖추고 긴장을 끌어 올렸음에도 파군이 대치 끝에 볼 수 있었던 것은 겨우 희끗한 잔상, 그것이 전부였다.

불가시의 영역에서 이뤄지는 공격.

수백 년을 살아온 그의 일생에서도 겪어본 적 없는 수준의 것이었다. 그와 인간의 사이에 놓인 공간에 처음부터 있었다는 것처럼 생겨나는 선과 검격.

반응하고 대응하려 했을 때는 이미 화끈한 통증과 함께 핏물이 튀고 있었다. 실체를 지니지 않은 검기가 날카로운 풍압으로 콧잔등을 베어냈다.

근육도 가죽도 없는 곳을 노려온 예리한 일격이었다. 민감한 부위에서 치미는 격통과 팍하고 튄 핏물에 시야가 가려지며 자세가 무너질 뻔했지만 본능이 소리쳤다. 지금이 움직여야 할 때라고.

양자 사이에 놓인 거리는 직전과 비슷했다. 분명 이 거리를 가로질러 적에게 닿는 동안 적어도 한 번 더 공격을 허용하겠지만 역으로 말하자면 한 방 먹을 각오를 하고 나아가면 그만이었다.

[크헝!!]

거대한 외침과 함께 한계까지 웅크린 근육으로 대지를 박차 분쇄하며 몸을 날린다. 그리고 당연하게도 단사천에게서 재차 공격이 뻗어져 왔다.

발출의 순간조차 볼 수 없는 쾌검.

거기까지 확인한 파군은 자연스레 충격에 대비했다. 눈을 감고 머리를 앞발 사이로 숨긴다. 벌써 세 번이나 이어진 공격 모두가 안면에 이루어졌으니 이번에도 그럴 것이라는 너무나도 본능적인 판단이었다.

키이잉! 카가각!!

앞발과 어깨부분에서 둔통(鈍痛)이 느껴졌다. 안면부의 그것보다 두꺼운 가죽에 그어진 검격은 불꽃을 튀기더니 그대로 튕겨나갔다. 미묘하게 가벼운 공격이었지만 제대로 대비하고 근육을 굳혀 방비한다면 작은 존재의 반격이란 이런 것이었다.

[크르릉.]

파군의 얼굴에 웃음으로도 보일 수 있는 사나운 야성이 떠오르는 것과 함께 파군은 방어를 굳힌 앞발을 내리고 영기를 흘리는 작은 존재를 직시했다.

다음 순간, 파군의 눈이 단사천의 모습을 확인할 수도 없었던 그 찰나의 순간에, 이미 참격은 허공을 내달리고 있었다.

카각! 카가가각! 좌악!

비웃음을 지어보이던 안면 전체를 난도질하는 것 같은 참격의 연속이었다.

일격 일격은 분명 앞선 두 번의 공격에 비해 얕았다. 실린 힘도 기세도 위협적이지 않았다.

하지만 가죽이 얇은 곳을 베이고 신경이 모여 예민한 곳이 베인다. 이빨로 보호하지 못하고 드러낸 입 내부가 찢기고 근육이 미처 대응하지 못한 부위에 연속적으로 가해진 참격에 살점이 거칠게 뜯겨나간다.

무엇보다 떠올랐던 파군의 거체가 연격에 의해 허공에서 뒤로 밀렸다. 체격과 무게의 차에서 비롯되는 압도적이라 할 수 있는 힘을 무수한 숫자로 억제한다.

달려들던 기세가 꺾이고 발 한 번 휘두르지 못하고 땅에 떨어졌다. 착지의 충격은 아무렇지 않았지만 그로 인해 상처에서 피가 거세게 흘러넘쳤다.

시야가 피로 붉게 물들고 코에는 스스로의 피 냄새로 가득해 다른 것은 느껴지지도 않았다. 느껴지는 것이라고는 오직 자신의 피가 전부였다.

하지만 입안에 가득한 피의 향과 맛이 먹이의 것이 아니라 자신의 것이라는 것에 격노하거나 감탄할 여유도 없이 기감과 본능이 경고하는 다음 공격에 대응해야 했다.

퀴이이이잉!! 콰가각! 콰직!

굉음과 함께 무서운 파괴력과 살상력이 담긴 묵색 선이 그어졌다. 빈틈투성이 자세를 꿰뚫는, 최단 거리로 곧바로 이어지는 일격이었다.

고통을 각오하고 근육을 굳히기도 전에 이미 칼날은 살을 혜집고 있었다. 아래턱을 비뚤어 날려 버리는 일격에 가죽이 거칠게 뜯기고 그 속 안의 붉은 피와 근육이 드러났다.

극통과 충격으로 일그러진 분노가 날아가려던 의식을 붙잡았다.

파군은 몇 조각이 되어버린 건지 알 수 없는 조각난 아래턱을 억지로 당겨 이를 악물었다. 침 대신 차오르는 피와 살점을 씹어 삼킨다. 억지로 정면에 시선을 고정하자 예의 그것이 다시 날아들고 있었다.

방금 전 일격과 같이 말도 안 되는 속도는 아니었지만 그래도 여전히 어떤 식으로든 회피도 방어도 허락하지 않는 불합리한 일격이었다.

그것을 피하지 않고 얼굴로 받아낸다. 일부러 머리를 들이밀어 그 참격을 받았다.

어차피 피할 수 없는 공격, 그렇다면 피해를 최소화할 부위로 받아낸다.

역시나 이번에도 저 작은 인간의 몸에서 가해진 것이라고는 믿겨지지 않는 엄청난 위력이었다. 가공할 속도가 만들어낸 힘과 그 속에 담긴 파괴적인 기운이 파군의 육체를 착실하게 깎아낸다.

그래도 단단한 두개골을 꿰뚫기에는 부족했다. 버텨낸다.

파군은 마주 앞발을 내뻗었다. 막강한 경력이 휘감긴 일격,

기술도 묘리도 담기지 않은 단순한 폭력, 급소를 노리는 것도 아니다. 그런 걸 노리기엔 파군은 너무 컸고 단사천은 너무 작았다.

하지만 그걸로 충분했다. 신체 어디건 그 앞발이 닿는다면 근육이 찢기고 뼈가 바스러질 정도의 위력, 파군이 휘두르는 통나무 같이 굵디굵은 발에는 그런 가공할 정도의 힘이 담겨 있었다.

마침내 그 발톱이 닿는 거리까지 다가온 파군은, 어태까지 쌓인 분노를 풀어 내려는 듯 혼신의 힘을 다해 앞발을 휘둘렀다. 막대한 경력이 휘감기고 살의와 악의가 진득하게 눌러 붙어 작은 폭풍을 만들어낸다.

괴력을 담은 발톱이 맹렬한 바람소리를 몰고 휘둘러졌다.

후우우우웅!

선혈이 흩날렸다.

그러나 턱없이 부족하다. 인간의 몸에 남긴 상처는 겨우 옅은 혈선 몇 가닥, 장삼의 앞섶을 갈랐을 뿐. 그 안에 담긴 거대한 힘과 살의가 무색해지는 장대한 헛손질이었다.

그 결과에 파군은 의문을 품지 않았다.

어떻게 피했는가에 대한 의문을 떠올리고 해답을 고민할 이성이 없었다.

그저 적이 쓰러지지 않았음을 확인한 파군은 한순간의 망설임도 없이 본능적으로 다음 공격을 이어갔다.

거리가 벌어졌을 때는 단사천의 검기에 일방적으로 수세에 몰렸지만 간극을 좁힌 지금, 지근거리에서의 싸움은 파군에게 주어진 기회였다.

발톱에 깃든 기운은 인간의 육신 따위, 스치기만 해도 산산조각으로 만들어버릴 필살의 괴력이다. 그런 것이 연속적으로 날아들었다.

둔중해 보이는 거체에 비해 무서울 정도로 빠르고 야성과 본능이 이끄는 대로 내치는 살기 가득한 공격은 빈틈을 남기지 않는 정교한 연격이었다. 거기에 멈출 기미를 보이지 않는다. 단 한 호흡에 벌써 수십 번, 연격을 잇고 또 잇는다. 무한한 것이 아닌가 싶을 정도의 체력이었다.

콰앙! 뿌드득!

땅이 파이고 나무가 쓰러진다. 바위가 조각나 흩어지고 제멋대로 자라난 풀들이 발톱에 수백 수천 조각으로 잘려 나가 허공에 비산한다.

수십 번을 쉬지 않고 내지른 공격 중 단사천에게 닿은 것은 없었다.

결과적으로 모두 헛손질이나 다름없었지만 막대한 경력이 스치고 지나갈 때마다 단사천은 코와 입에서 얇게 핏줄기를 흘렸고 앞발이 만들어낸 풍압에 의해 장삼이 찢겨나가는 것과 함께 그 밑의 살갖도 한 겹 한 겹 도려내지고 있었다.

외줄을 타는 것 같은 아슬아슬한 공방이 지속되면 지속될수록 단사천의 몸에는 상처가 겹쳐 새겨지고 전신이 피로 붉게 물든다.

착실하게 사냥감을 죽음으로 몰고 가는 파군, 하지만 일방적인 전개는 오래가지 않았다.

약간의 거리가 벌어지자 휘둘러지는 앞발을 향해 굉음과 함께 흑선이 그어졌다.

흑색의 선은 막대한 마기와 영력이 휘몰아치는 그 사이를 가볍게 가르고 발톱과 살의 틈새를 파고들어 발톱을 지탱하는 근육을 찢어발겼다.

[크헝!]

격통이 치밀었지만 큰 상처는 아니었다. 기껏해야 근육 몇 가닥, 못쓰게 된 것도 다섯 발톱 중 하나에 불과했다.

문제는 일격을 허용하며 고통에 잠시 움직임이 멈춘 것, 그리고 그 고통에 놀라서는 반격을 경계해 거리를 벌린 것, 뒤로 뛰어 물러나며 파군은 허공에서 스스로의 실책을 깨달았다.

거리를 주면 일방적인 공세는 그의 것이 아니라 단사천의 것이 된다. 이성적인 판단이 아니라 본능적인 판단이었기에 저지른 실수였다.

화포가 터지듯 난폭하게 검갑을 박차고 뿜어져 나온 살기 짙은 흑색 검기가 허공을 달렸다.

위이이잉! 콰아아아앙!!

*   *   *

검격이 도달하기 직전, 파군은 가까스로 앞발을 끌어당겨 안면을 막아냈다.

노리고 있던 급소는 아니었지만 운 좋게도 이미 발에 있던 상처를 다시금 헤집은 참격은 깊은 상처를 남기는 것과 동시에 이 싸움에서 처음으로 파군의 입에서 비명을 이끌어냈다.

'이건 너무한데……'

하지만 단사천은 그런 결과물에 만족하고 안도할 수 없었다.

내상도 각오하고 혼신의 힘을 담아 전력으로 내친 검격이었음에도 그다지 효과를 볼 수가 없었다.

비명을 이끌어낸 것으로 기뻐하기에는 그 한 번을 내지르기까지 자신이 내지른 소리 없는 비명이 너무 많았다.

더군다나 방금 전의 검격이 뼈를 베어 내지 못하고 튀어나온 탓에 자칫하면 검을 놓쳤을 뻔했을 정도로 강한 반탄력이 손아귀를 찌르르 울리고 있는 것이 느껴졌다.

검을 내려다보았다. 무설에게 빌린 검은 파군의 피로 적셔져 있으면서도 아직까지 시리도록 날카로운 예기를 보여주고 있었다.

그래, 어디까지나 '아직까지'다.

크게 상하지는 않았지만 그간 무음의 속도에 익숙해지기 위해 연습으로 검을 몇 자루나 부러뜨리며 얻게 된 경험으로 알 수 있었다.

검날은 무뎌지기 시작했고 무게중심도 어긋나기 시작했다. 이대로 계속 부딪히면 앞으로 열 번도 채우지 못하고 검이 망가질 터였다.

영기에 대부분의 내공이 묶인 단사천으로써는 무양자처럼 내공으로 검을 보호할 수 없어 음속을 넘으며 가해지는 부하의 상당 부분을 검이 감당해야 했다.

그러다 보니 일격에 상대를 베어낼 수 있다면 모를까, 상처 위로 덧씌우듯 검격을 내쳤음에도 완전히 베어 내지 못하는 상황이 이어진다면 제아무리 명검이라 한들 날이 무뎌지고 부러지는 것은 오랜 시간이 걸리지 않을 터였다.

"쓸 일이 없기를 바랐는데……."

낭패한 기색이 어린 말을 중얼거리며 한숨을 내쉬는 대신 입술을 짓씹었다.

무음의 검으로는 전력을 다해도 겨우 살가죽을 베어 내는 것이 전부였다.

청면수라 때처럼 작은 상처를 집요하게 공략할 수 있다면 모를까, 파군의 움직임은 눈으로 쫓는 것은 몰라도 직접 몸으로 반응해야 한다면 간신히 따라잡는 것도 벅찼다.

파군의, 대호의 신체 능력은 인간에 비할 바가 아니었고 수백 년의 세월은 그 격차를 더욱 벌려 놓았다.

공격, 방어, 속도 하나같이 흉악하기 그지없었다.

일격을 허용하면 곧바로 죽음, 하지만 이쪽은 전력이어도 치명상은 불가능, 절망적일 정도의 격차가 선사하는 압박감과 긴장감에 토할 것 같았다.

그나마 속도는 이쪽이 우위지만 신체 전체를 움직이는 영역에서는 또 밀린다.

지금 이대로는 방어를 뚫기는커녕 파군의 공격을 피하다 지쳐 그가 먼저 쓰러질 것이 분명했다.

그렇다면 힘과 속도, 무력의 근원이 되는 그 자체를 끌어 올려야 했다.

'객잔 후원에서 연습 삼아 한 번 사용해 보기는 했지만……'

그리고 그렇게 가시적으로 힘과 속도를 끌어 올리는 기술은 그가 알고 있는 것 중에는 단 하나밖에 없었다.

이미 인간의 한계를 넘어선 육체를 한계 너머로 끌어올리는 기술, 자칫 잘못하면 작은 내상으로는 끝나지 않을 위험한 기술이었다.

시험 삼아 사용한 기운이 만들어냈던 결과를 떠올리자 잠시 각오가 흔들렸지만 어떻게든 마음을 부여잡고 정신을 집중했다.

단전 가장 깊은 곳에 닿은 의지가 호체보신결의 진기에 뒤덮인 기운을 이끌어냈다. 독극물을 밀봉하듯 십여 개의 층으로 덮여 있던 기운이 서서히 풀려 나왔다.

이끌어낸 기운은 겨우 한 줌, 대단치 않은 양이었다. 하지만 그 기운을 인도하는 단사천의 얼굴에서 느껴지는 긴장감은 파군의 포효를 처음 들었을 때만큼이나 진했다.

잠깐이라도 집중이 흩어지면 날뛰며 육신을 찢어발길 기세의 난폭한 기운이 긴장감의 근원이었다. 비급을 읽을 때부터 생각한 것이지만 실제로 익히고 나니 농담으로도 정공이라 말하기 어려울 정도로 길을 엇나간 짙은 묵색의 검기, 무광 백련검기였다.

'역시나……'

겨우 한 줌이나 될 법한 기운이었지만 한시도 쉬지 않고 제 목줄을 벗어버리려는 것처럼 날뛰고 있었다. 주체할 수 없는 한숨이 흘러나왔다.

가능하면, 마지막의 마지막까지 이대로 단전 깊은 곳에 묻어두고 싶었다.

좋은 꼴을 볼 수 없다는 것은 겪지 않아도 알 수 있었다. 그래도 당장의 상황을 타개하기 위해서는 사용하지 않을 수 없었다.

힘없는 의지가 무광검기를 둘러싼 보신결의 진기를 흩어놓자 무광검기는 마치 우리에서 풀려난 맹수처럼 난폭하게 혈도를 따라 흐르기 시작했다.

콰아아아!

흑색 검기가 혈도를 내달린다. 노도와 같은 기세, 의지라는 목줄을 떨쳐낸 무광검기는 그야말로 폭주했다.

쿠웅!

무광검기가 혈도를 깨부술 듯 부딪힐 때마다 전신이 크게 울린다. 그 충격은 신체에만 머물지 않고 주변 공기를 떨쳐 울리며 사방으로 퍼져나갔다.

흔들리는 대기를 눈으로는 볼 수 없지만 기감으로는 느낄 수 있었다.

영기와 귀기가 뒤섞이고 마기와 혈기가 제멋대로 흐르던 혼탁한 기의 흐름 속에 떨어진 거대한 파동이 물결처럼 퍼져 나갔다.

*　　　*　　　*

주위를 둘러싸고 있던 마인들과 몇 남지 않은 매화검수들은 파군의 포효를 지워 버릴 정도의 전율스러운 기파에 우두커니 서 있을 수밖에 없었다.

가장 먼저 반응한 것은 현백기였다. 하지만 현백기도 뭔가 말을 내뱉으려 했으나 결국 한마디 말조차 제대로 끝맺을 수 없었다.

"뭐, 무슨 짓을……?"

끼어들 엄두가 나지 않는 파군과 단사천의 공방을 걱정스레 지켜보던 현백기는 단사천에게서 느껴지는 기운에 몇 걸음이나 뒤로 물러섰다. 휘몰아치는 기척에 낯빛이 순식간에 창백하게 물들었다.

언제라도 단사천이 위험해진다면 뛰어 들어가려는 생각을 하고 있었던 현백기였지만 그대로 뒷걸음질을 쳐 거리를 벌렸다. 동시에 등줄기를 따라 전율이 흘렀다.

현백기는 곧 전율의 의미를 알 수 있었다.

호체보신결의 진기가 억누른 상처에서 피가 역류한다.

코에서는 코피가 흐르고 두 눈은 붉게 충혈됐다. 검붉은 핏물의 자국 위로 새빨간 선혈이 흘러 새로 덧칠한다.

악귀의 모습. 하지만 현백기가 전율하고 있는 것은 그런 외형적인 모습이 아니었다.

오감으로 확인할 수 있는 것 이상으로 직감과 기감이 경고성을 발하고 있었다.

내상을 입은 듯 불안하게 흔들리던 단사천의 기세가 사방을 울리는 고동과 함께 불어나고 사방에 가득한 마기 이상의 흉험함에 휩싸여간다.

싸움의 장소에서 상당히 거리가 있음에도 전신을 찌르는 흉폭하고 날카로운 기운은 절로 소름이 돋을 정도였다. 살기도 아니었고 투기나 마기도 아니었다. 그저 날카로울 뿐인 예기, 하지만 단사천의 전신에 둘러쳐진 예기가 내뿜는 힘과 압박감은 이제 파군의 그것과 비견되는 수준이다.

수백 년을 살아온 현백기도 들어본 적 없는 전대미문의 광경이었다.

기세에 압도당해 망연히 그 모습을 바라보던 현백기는 직후 난폭하게 허공을 가른 흑선이 만들어낸 굉음에 겨우 정신을 차렸다.

그것이 무슨 소리인지 깨달은 것은, 언제 뽑았는지 알 수 없는 검을 납검하는 단사천의 모습과 그 맞은편에서 피와 비명을 쏟아내는 파군의 모습을 눈에 담은 뒤였다.

*   *   *

처참하게 찢겨나간 상처에서 느껴지는 고통보다도 파군의 정신을 잡아끈 것은 적에게서 시작되어 대기를 뒤흔드는 거대한 울림이었다.

[크르륵!]

비릿한 핏물이 이빨 사이로 흘러넘친다. 상처 입은 야성은 곧바로 고통의 원흉을 찾아냈다. 눈앞의 인간.

그곳에는 아까까지 느껴지던 작지만 날카롭고 사나운 기세의 인간이 아닌 칼날로 이루어진 숲처럼 살갗이 베일 것 같은 날카로운 기운의 존재가 자리하고 있었다.

존재 자체가 부풀어 오른 것 같은 기도, 상궤를 넘어선 변화에 뇌리 가득했던 분노와 고통이 경악에 집어삼켜졌다.

그리고 곧장 파군은 마주선 적에게 감탄하고 경악한 대가를 치러야 했다.

단사천의 검집에서 이어진 흑선이 파군의 안면 우측에 격돌했다.

콰직! 촤아악!

그건 지금까지 몇 번이나 몸에 새긴 곧고 날카로운 일격이었다. 달라진 점은 이전과는 비교를 불허하는 속도였다는 것, 그 하나만으로도 모든 것이 바뀌었다.

단순하고 정직하게 내뻗어진 일격에서 발해진 충격이 파군의 육신을 뒤흔들었다.

튼튼한 철갑 같던 모피가 단숨에 찢기고 강철을 엮은 것 같던 근육이 허망하게 끊겨 부서진다.

눈이 뭉개져 터지고 안와와 두개골이 부서질 듯 삐걱댄다. 실제로 깨지지는 않았지만 두개골 안쪽, 뇌를 뒤흔드는 일격이었다.

압도적인 속도였고 그에 걸맞은 위력이었다. 금강석 같은 파군의 육신에 심각한 상처를 입힐 정도, 같은 사람에게서 나온 것이라고 믿기 힘든 수준이었다.

[크륵!?]

단말마의 비명, 끔찍할 정도의 고통이 일순간 파군의 하나 남은 눈에서 살기와 마기를 지워냈다. 아직도 뇌는 안개가 낀 듯했지만 상처를 통해 파고드는 날카롭고 흉폭한 기운과 강렬한 영기가 전신에 가득한 마기와 사기를 깨부수자 억눌려졌던 이성이 고개를 치켜들었다.

적지 않은 피가 빠져나가 열이 식고 상처에서 치솟는 고통과 영기에 어렴풋이 제정신을 차린 파군은 눈앞에 서 있는 낯선 인간을 바라봤다.

대체 무슨 일이지?

하지만 그 의문은 고민을 할 틈새도 없이 치솟은 마기에 의해 다시 짓눌려 흐릿한 이성과 함께 사라졌다.

순간의 잡념, 찰나로도 표현할 수 없는 순간이었지만 그 틈새를 단사천은 놓치지 않았다.

"느려……."

콰드득!

공세를 취하면서도 일격으로 치명타가 되는 파군의 반격을 생각해 소극적으로 움직일 수밖에 없던 단사천이었지만 기세가 변하자 그것을 따라가듯 움직임도 바뀌었다.

뒷걸음질 치는 파군이 몸을 추스를 찰나의 여유도 허락하지 않고 추격이 따라 들어간다.

일격을 더해 고통과 당황으로 무너진 틈을 열어젖힌다.

상대의 자세를 무너뜨리고 대응을 막은 뒤 준비가 필요한 강격(強擊)을 열어젖힌 틈새에 맞힌다.

정석적이고 기본적인 공세였다. 단지 그 동작과 동작이 이어지는 일련의 속도가 너무나도 빨랐다.

익숙하지 않은 속도, 숙련되지 않은 자세, 거칠기 그지없는 초식의 연계. 그럼에도 눈은커녕, 기감으로도 쫓을 수 없는 압도적인 속도였다.

참격이 남긴 흑색의 잔상을 쫓는 것만으로도 파군의 두 눈은 한계였다.

완전히 우위를 잡은 단사천의 연격이 비처럼 쏟아진다. 우위를 빼앗기고 기껏해야 수 초, 찰나의 순간에 이미 수십 개의 선이 연이어 그려지고 있었다.

전면(前面)에 노출된 신체를 덧칠하듯 흑색의 선이 내달렸다. 제대로 집중하더라도 반응하는 것이 가능했을지 의심스러운 속도의 검격에 파군의 전신이 피로 붉게 물든다.

참격의 숫자는 백을 넘어서도 그치지 않는다.

끝을 모르고 쏟아지는 검격에 담긴 힘은 단사천에 비해 압도적인 격차가 있는 질량의 거체가 뒤로 밀려날 정도의 충격이 된다. 대지에 박아 넣은 두 발톱이 긴 고랑을 남기며 조금씩 뒤로 밀려난다.

그러나 난폭하게 내질렀던 일격에 비하면 이 연격은 가볍지 그지없었다. 충격의 총량은 동등하거나 그 이상이겠지만 일점에 집중되는 힘이 턱없이 부족했다.

철갑을 뚫기 위해 필요한 것은 백 개의 날카로운 바늘이 아니라 단 하나의 굵고 묵직한 말뚝이었다.

그래도 전혀 피해가 없는 것은 아니었다. 가랑비에 옷 젖는 줄 모른다는 속담처럼 피해는 누적되어 쌓인다. 전신에 둘러친 마기의 갑옷이 흩어지고 작고 얕은 상처가 곳곳에 새겨진다. 통증이 쌓여간다.

이 맹공을 정면에서 견디는 것은 미련한 짓이었지만 파군은 그저 견뎠다. 조금씩 밀려나는 다리를 다시 앞으로 당기고 몸에 힘을 담아 버틴다. 본능이 말하고 있었다.

이 뒤에 기회가 있다고.

얼마의 시간이 지나자 틈이 보이지 않던 폭풍우 같은 참격이 그쳤다.

백에 달하는 참격을 단 한 호흡에 내쳤다는 것부터 이미 인간의 한계나 상식 따위는 가볍게 넘겨 버린 기술이었다. 하지만 그렇기에 이 한순간, 다음 호흡을 잇기 위한 공세의 공백은 필연적이었다. 단사천의 검도를 파악하지 못해도, 무리를 읽지 못해도 본능이 외치고 있었다.

예상대로 다음 공격이 이어지기까지 틈이 만들어졌다.

그야말로 찰나에 불과한 틈새였지만 아직 간격을 좁히기엔 부족했다.

연격에 의해 뒤로 물러났다고 해도 그래봐야 겨우 몇 장밖에 되지 않는 거리, 평소라면 한달음에 건너뛸 수도 있는 거리였지만 다음 호흡, 다음 공격이 이어지기엔 충분한 거리이기도 했다.

파군은 아직 멀쩡한 앞발에 막대한 기운을 끌어 모아 대지를 부술 듯 내려쳤다.

'…진심으로 도망치고 싶은데.'

단사천은 도무지 끝이 보이지 않는 공방에 가볍게 절망을 맛보고 있었다.

고민 끝에 어렵사리 무광검기를 꺼내들어 파군의 거체에

처음으로 치명상을 입혔고 비명을 이끌어냈다.

거기까지는 좋았다. 대가로 입을 내상까지 각오하며 무광검기를 끌어낸 의미가 있었다.

하지만 쓰러지질 않는다. 피를 흩날리고 보다 깊고 커진 상처가 육신에 쌓인 심대한 피해를 증명하고 있었지만 파군은 쓰러지지 않았다.

검격을 하나씩 이어갈 때마다 일방적인 수세에 몰린 파군보다도 오히려 공세를 쥐고 있는 자신이 먼저 쓰러질 것 같았다.

어렵사리 잡은 승기를 놓치지 않기 위해 한계를 넘어선 움직임을 강요받는다.

비명을 내지르는 근육과 보신결의 진기로 보호하고 있음에도 무광검기가 스치고 지나가니 너덜너덜해진 혈맥이 좌절을 심화시켰다.

붉게 충혈된 눈과 칠공에서 적지 않은 피를 흘리고 있는 얼굴이 정상적인 상태가 아님을 여실히 드러내고 있었다.

공세를 유지하기 위해 무광검기를 끌어올릴수록 수명이 깎여 나가는 것 같은 느낌은 분명히 기분 탓만은 아니었다.

전력으로 휘두르는 쾌검의 반동을 이용해 다음 검격을 잇는다.

폭주하는 무광검기가 만들어 내는 반동을 완화하지 않기

에 그 충격은 고스란히 뼈와 근육에 쌓이고 급격한 움직임은 폐 속의 공기와 호흡 속에 이어지는 진기를 급속도로 고갈시킨다.

말 그대로 제 살을 깎아내는 수준의 검격. 적당히 멈추지 않으면 혼자 움직이다 쓰러지는 촌극이 벌어질 수도 있었다.

일반적인 무인이었다면 상궤를 무시한 진기의 운용에 벌써 내상으로 전신이 터져 죽어도 이상할 것 없는 미친 짓이었다. 하지만 파군의 전신에서 피어오르는 기세는 도무지 줄어들 생각을 하지 않고 있었다.

설마 상처를 직접적으로 후벼 파내어도 버틸까 싶었건만 파군은 설마가 사람을 잡는다는 옛말을 그대로 증명하며 버텨내고 있었다.

*   *   *

결국 먼저 한계를 맞이한 것은 단사천이었다.

아무리 깊게 숨을 담아놓고 강렬하고 정교한 검기(劍技)가 있다고 해도 무호흡으로 이어갈 수 있는 연격에는 한계가 있었다.

전신의 피로 이상으로 이러다가는 스스로 질식사할 것 같다는 생각마저 들 때 몸이 제멋대로 다음 호흡을 이었다. 폐 가득 차오르는 공기를 느끼는 그 순간, 검이 멈췄다.

그리고 당연하게도 틈을 놓치지 않는 파군의 움직임이 있었다. 검이 멈춘 그 순간, 반격도 없이 극단적인 방어태세로 공격을 받아내기만 하던 파군은 행동을 막는 검격이 사라진 순간 행동을 시작했다.

지저분한 흑색을 연상시키는 살의와 마기가 한 곳에 모여들었다.

'큭! 역시 노리고 있었나!'

짧은 사이 간신히 들이쉰 반 호흡으로는 회피도 반격도 선택할 수 없었다. 그저 높이 치켜든 파군의 앞발을 제자리에서 바라보며 방비랍시고 검을 내미는 것이 전부였다.

자세를 잡았지만 통나무처럼 두꺼운 그 앞발에 비하면 금방이라도 부러질 것 같은 나뭇가지로 느껴졌다.

육중한 앞발은 대지를 내려쳤다.

쿠우웅!!

지진이라도 일어난 것 같은 파괴적인 진동이 붕괴라는 형태로 사방에 퍼져나간다. 살얼음이 갈라지듯 금이 가고 바위가 깨진다.

바위와 땅이 제멋대로 주저앉고 솟구쳤다.

충격은 그것으로 끝나지 않고 땅속을 달려 단사천의 다리까지 도달해 근육과 뼈를 뒤흔들었다.

대지를 부숴 발판을 흔들고 충격으로 다리를 덮쳐 자세를 무너뜨린다. 이것만 해도 위험했지만 당황하고 있을 시간은 없었다.

불규칙하게 자리한 바위기둥 그림자 사이로 남청색 털가죽이 언뜻 보였다. 그리고 시각 이상으로 기감이 경고를 발했다. 눈치챘을 때는 이미 늦었다.

난립한 석주(石柱)들이 산산이 부서졌다. 수백, 수천 조각으로 비산하는 석주의 파편 그림자 사이로 파군의 거체가 나타났다. 손을 뻗으면 닿을 거리.

죽음을 떠올린 순간, 파군의 움직임이 멈췄다.

二. 무광

코앞까지 다가온 파군의 모습이 더욱 선명하게 눈에 박히고 있었다.

　크고 작은 상처에서 흘러나온 피가 얼룩져 굳어 있고, 한껏 벌려진 그 입은 마치 지옥으로 향하는 무저갱처럼 빛 한 점 없는 구덩이 같았으며 몇 개인가 거칠게 부러졌지만 여전히 예기를 발하는 이빨들은 보검에 견주어도 뒤지지 않을 것 같았다.

　하나 남은 눈동자는 안개라도 끼어 있는 것처럼 혼탁했고 양쪽으로 크게 벌린 두 앞발은 피로 물들어 있었다.

겨우 반 장도 채 되지 않는 거리에서 그대로 파군의 육체는 멈춰 있었다.

'멈췄어? 아니……'

정말로 파군의 움직임이 멈춘 것이 아니었다.

체감시간의 한없는 압축이 만들어 낸, 시간을 멈추는 것과 다름없는 상태. 모든 것이 정지된 풍경이 눈에 박혀들었다.

한 폭의 그림처럼 멈춰 버린 찰나의 세계는, 원한다면 사방으로 비산하는 돌 조각과 나뭇잎들 하나하나까지도 눈에 담을 수 있을 것 같았다. 정신을 되찾은 것은 단전에서 느껴진 날카로운 통증 덕이었다.

욱신!

'크윽!'

통증의 원인은 어느새 단전 빈자리를 가득 채울 정도로 커져 버린 무광검기였다. 단전과 혈도를 거세게 자극하며 날뛰는 무광검기는 극한까지 늘어난 시간 속에서도 멈출 기미가 보이지 않았다.

시시각각 내상은 심각해졌다. 하지만 무광검기의 고삐를 쥘 여유는 없었다. 통증을 자각하자 파군의 몸이 느릿하게나마 움직이기 시작했다. 발톱과 이빨이 조금씩 가까워지고 있었다.

'뭘 느긋하게 감상하고 있는 거냐!'

상황을 이해하고 최초로 시도한 것은 다리를 움직이는 일이었다. 하지만 다리를 움직이려 해도 움직이지 않았다.

진흙에 두 다리를 박아 넣은 것 같은 저항감만이 느껴졌다. 땅을 뒤흔든 충격에 버티고 서는 것으로 이미 다리는 한계였다.

그에 비해 두 팔은 조금 상황이 나았지만 여전히 대응하기에는 느렸다. 반격이든 방어든 제때에 맞출 수 없을 것 같았다.

그래도 가만히 죽음을 받아들인다는 선택지는 없었다.

이를 악물고 혼신의 힘을 담아 팔을 뻗는다.

느리다.

거리를 조금이라도 좁히기 위해 허리를 튼다.

아직도 느리다.

허리만이 아니라 다른 관절들도 한계까지 뒤튼다.

조금은 낫지만 그래도 늦다.

뭐든 좋다. 움직일 수 있는 부위는 한계까지 가동한다. 혈도의 보호도 포기하고 무광검기를 남김없이 쏟아붓는다. 제한 없이 날뛰는 무광검기는 지나치는 혈도를 말 그대로 붕괴시키며 내달린다.

검을 뻗는다.

어떻게든 속도는 끌어 올렸다. 움직임이 사라진 세계에서 검만이 느릿하게나마 움직이고 있었다.

진흙 속을 헤집는 것처럼 막대한 부하를 느끼며 검이 나아가는 곳은 무저갱처럼 깊은 어둠을 간직한 파군의 입속이었다.

'여기밖에 없어.'

단사천은 눈을 빛내며 파군의 입속, 어둠을 노려봤다. 느리게, 또는 빠르게 가까워지는 저 거체는 지금의 몸 상태로는 회피도 불가능했고 그렇다고 요격도 불가능했다.

만전의 상태로 내친 최고의 일격으로도 파군의 돌격을 완전히 저지할 수는 없었다.

다리가 제대로 기능할 수 없는 지금이라면 더더욱, 그렇다면 파군의 움직임을 멈출 수 있는 곳은 단 한 곳밖에 남지 않는다.

저 어둠 속에 있을 파군의 뇌를 꿰뚫는 것. 파군의 모든 움직임을 제어하는 그 급소를 노리는 것이 상황을 타개할 유일한 방법이었다.

콰아아!

단전에서부터 치솟은 무광검기가 거칠게 혈도를 타고 흘렀다. 검을 쥔 단사천의 오른손이 뻗어나갔다.

깨지고 부러져 불규칙하게 늘어선 이빨들이 사방에서 팔을 찢는다. 입속을 지나감에 따라 피부 위로 길게 혈선이 새겨지지만 팔은 멈추지 않았다.

이대로 파군이 입을 닫는다면 어깨에서부터 그대로 잘려 나갈 상황이었다. 그러나 멈추지 않는다. 오히려 검이 나아가는 속도만이 조금이지만 더 빨라졌다. 팔에 신경 쓸 여유는 없었다.

팔에 길게 새겨지는 몇 줄기 열상(裂傷)은 분명 고통스럽지만 단사천의 내부는 그 이상이었다. 단순히 살이 찢기고 베이는 수준을 넘어섰다. 제한을 두지 않고 혈맥을 내달리는 무광검기의 파괴는 철저했다.

토기가 빚고 목기가 뿌리내려 단단히 굳은 혈도조차 무광검기가 지나가고 나면 마른 논바닥처럼 찢기고 갈라졌다. 겨우 일격을 내뻗을 정도의 찰나, 치명적인 내상이 전신혈맥에 새겨지고 있었다.

피가 흐르고 고이는 것은 기본, 근육이 끊어지고 뼈가 부러지는 격통에 눈물까지 나올 지경이었지만 각오가 흐트러지는 일은 없었다.

'이대도강(李代桃僵), 살을 주고 뼈를 취한다는 말은 그리 좋아하는 말은 아니지만……'

평온하게 살아남는다는 단 하나의 바람을 위해 팔 하나를 희생해야 한다면 얼마든지 포기한다.

외팔의 장애는 큰 것이지만, 남은 인생 전부와 무게를 비교하면 논할 것도 없었다.

단사천은 이를 악물었다. 이빨이 상하기에 어지간해서는 하지 않는 행동이었지만 격통을 참아내기 위해, 젖 먹던 힘까지 쥐어 짜내기 위해 이가 갈리는 것을 느낄 정도로 강하게 이를 짓씹었다.

까드득!

각오가 이끌어 낸 전력의 검격이 파군의 입안을 재차 파고들었다. 피가 통하지 않을 정도로 세게 쥐어진 손이 붉은 입안을 헤집는다.

거침없이 나아간 검에서 느껴지는 감촉은 기분 나쁜 부드러움이 전부, 강철과도 같은 육신의 단단함도, 막대한 마기로 둘러친 기의 방벽도 느껴지지 않았다. 살점을 헤집고 근육을 가른다. 그것으로도 모자라 검은 더욱 깊게 나아간다. 손끝에서 느껴지는 감촉이 변했을 때.

'지금!'

검첨이 뇌에 도달했음을 느낀 단사천은 눈을 질끈 감고 무광검기의 제어를 풀어버렸다. 목줄이 풀린 맹견처럼 무광검기는 사방을 뻗어나갔다.

촤아악!

무자비한 파괴가 파군의 내부를 휩쓸었다. 금강석보다 단단한 두개골은 검기의 폭주에도 형태가 무너지지는 않았지만 그렇기에 그 속에서는 좁은 공간에 갇힌 검기에 의해 더욱 격렬한 파괴가 이뤄졌다.

콰득! 콰드득!!

눈에 보이지는 않지만 손끝으로 느껴지는 충격과 쏟아지듯 흘러내리는 핏물을 보고 있으면 내부에서 일어나는 상황 정도는 보이지 않아도 알 수 있었다.

눈으로, 코로, 입과 귀로 검고 붉은 피가 거친 기세로 흘러넘친다. 이윽고 파군의 몸이 힘을 잃고 무너져 내린다.

거대한 존재감을 지닌 대호의 몸이 쓰러지는 것은 성이 무너지는 것만 같았다. 천천히 쓰러지는 회흑색의 거체.

턱이 닫히기 직전에 맞춰 단사천은 팔을 뽑아냈다. 팔을 회수하는 과정에서도 이빨에 몇 줄기의 상처가 더 새겨졌지만 그 상처가 없더라도 이미 오른팔은 빈틈없이 붉게 물들어 있었다.

그의 오른팔 전체를 뒤덮은 선혈은 파군의 것만으로 이루어져 있지 않았다.

좁디좁은 파군의 입속에서 이뤄진 무광검기의 폭풍은 단사천의 손에도 영향을 끼쳤다.

무차별적인 파괴에 휘말린 손은 상처투성이가 되어 끔찍한 모습으로 변했고 손가락은 이상한 각도로 꺾여 간신히 검을 쥐고 있는 상태였다.

망가진 몸. 단 한순간이라고는 하지만 아직 그의 심득이 도달하지 못한 경지를 엿본 대가였다.

오른팔뿐만이 아니라 전신에 새겨진 무수한 상처는 심각하지 않은 것이 없었지만 단사천은 신경 쓰지 않았다. 팔에서 치솟는 통증보다도, 전신 혈도에서 느껴지는 극통보다도 전신에 내려앉은 탈력감과 안도감이 너무나 컸다.

"쿨럭……!"

말을 할 힘도 없었다. 차오르는 핏물과 쌓인 숨을 힘겹게 내뱉는 것이 단사천이 할 수 있는 자축의 전부였다.

*   *   *

"…지금 그거, 보셨습니까?"

"아니… 전혀, 처음부터 끝까지 하나도, 기껏해야 잔상의 흔적이 전부다."

청료는 사제의 경악을 담은 물음에 허탈함을 담아 답했다.

싸움의 여파가 미치는 곳에서 떨어져 몸과 진기를 추스르던 청료는 쓰러진 파군의 거체와 그 앞에서 대담한 웃음을 짓고 있는 단사천의 모습을 보고 있었다.

파군이 발판이 되는 땅과 바위를 부숴 단사천의 발을 묶는 것, 그리고 육탄돌격을 감행한 것까지는 청료의 눈으로 확인할 수 있었다. 단지 그다음 순간들을 청료는 볼 수 없었다.

생전 처음 듣는 굉음과 피를 뿜으며 쓰러지는 파군, 허공에 늘어선 검은 궤적, 그리고 칼날 같은 이빨이 늘어선 파군의 입에서 손을 뽑아내는 단사천의 모습에서 승부의 순간을 짐작할 뿐이었다.

"저 괴물을……"

주변에 서 있던 또 다른 매화검수가 그렇게 말하며 단사천을 바라봤다. 그를 감싸고 있던 기세는 잠잠하게 가라앉았지만 누구도 말을 걸거나 다가갈 수가 없었다.

두려울 정도의 괴물을, 이 참사의 원흉이라 할 수 있는 대호를 홀로 쓰러뜨려 버린 것이다. 또한 직전까지 단사천의 전신에 서렸던 흉악하기 그지없던 기운. 떠올리기만 해도 몸서리쳐질 정도였다.

"누가 괴물인지 모르겠군."

힘이 없이 떨리는 그 목소리에는 숨길 수 없는 동요가 섞여 있었다.

격렬한 투쟁의 끝에 남은 것은 사위를 압도하던 파군의 기운을 대신하는 날카롭고 흉폭하기 그지없는 기세.

싸움의 끝과 함께 조금씩 줄어들기 시작한 그 기세는 어느새 잔향도 느낄 수 없게 되었지만 그래도 목덜미를 서늘하게 만들 정도의 기파를 곧바로 잊을 수는 없었다.

"정말로 괴물과 다를 바가 없군."

심중의 동요를 숨기지 못한 미소, 허탈함과 경악 그 외에도 복잡한 감정들이 섞여 있었다.

"후우……."

무거운 한숨이 절로 새어나왔다. 그렇지만 한숨을 내쉬고 고개를 든 청료의 얼굴은 다시 결연한 표정이 돌아와 있었다. 한 호흡을 들이쉰 청료는 고함을 내질렀다.

"멍하니 있지 마라! 움직일 수 있는 자들은 나머지 잔적들을 찾도록 해라! 최대한 생포를 목적으로 하되 힘들 것 같으면 죽여도 무방하다!"

단사천과 파군의 싸움이 남긴 혼탁한 공기 위로 청료의 고함이 울려 퍼졌다. 저릿할 정도의 진기가 실린 고함에 전율과 공포에 짓눌린 주변의 무인들이 겨우 정신을 차리고 움직이기 시작했다.

납탑파군이 멈췄다고는 해도 아직 싸움이 끝난 것은 아니었다. 대장격의 마인들은 놓쳤지만 그들의 도주를 위해 남은 마인들은 여전히 남아 있었다.

*　　　　*　　　　*

바로 등 뒤에 있던 것 같던 파군의 거대한 기세가 희미해지는 것과 함께 두 마인은 마치 미리 짠 것처럼 자리에 멈춰 뒤를 돌아봤다.

"이런… 설마 파군이 당한 건가?"

"어차피 폭주한 시점에서 오래 가지 못할 거라는 것 정도는 알고 있었을 텐데?"

흑검이 퉁명스레 되받아치자 광마는 하나 남은 팔을 으쓱이며 허탈한 웃음으로 답했다.

"뭐 요광성이니 파군이니 해봐야 결국 영락해 버린 짐승이었나. 다만 그래도 신검이나 다른 것들이 오기에는 너무 이른데… 역시 그 녀석인가?"

누구라는 지칭은 없었지만 흑검은 광마의 입에서 나온 대상을 곧바로 특정할 수 있었다.

떠오른 것은 단사천의 얼굴이다. 신검과 천하검이라는 이름 다음에 떠올리기에는 어울리지 않았지만 직접 검을 맞댄 자로서 흑검은 확신했다.

"그러겠지. 그 녀석 말고는 생각 못하겠다. 그래도 설마하니 거기서 더 흉악해질 수 있을 거라고는 생각 못했지만 말이야."

생각만 해도 몸서리처질 정도로 날카롭고 사납던 기운, 보검의 예기가 아니라 마검의 살기에 가깝던, 싸늘하면서 흉폭하기까지 했던 기세의 느낌을 되새기며 흑검은 이빨을 드러내고 사납게 웃었다. 다음에 싸우게 될 날이 기대되어 어쩔 수 없다는 심정이 담긴 웃음이었다.

만나 검을 나눈 것은 겨우 두 번, 그 시간도 반년 정도에 지나지 않는 인연이었지만 단사천이라는 인간은 언제나 기대하게 만드는 존재였다.

광마는 기가 막혀 뭐라 말도 나오지 않는 듯했지만, 이제는 꽤 거리가 멀어진 낙안봉 중턱을 바라보며 무언가를 깊이 생각하고 있었다.

"이번이 세 번째였던가?"

"무슨 소리지?"

"단사천, 저놈에게 계획이 망가진 것 말이다."

"개봉, 항산, 태산, 복건… 총 네 번이다."

시체 같이 창백한 광마의 얼굴이 한층 더 일그러졌다.

"가능성은 낮다고 생각은 하지만, 어쩌면 놈은 우리의 계획을 미리 알고 있는 걸지도 모르겠어."

그들이 영지를 습격한다는 것 정도는 영지에 대한 지식이 있는 자라면 누구나 예상할 수 있는 것이지만 언제, 어디를 습격할 것인지는 알 수 있을 리가 없었다.

어디선가 정보가 새어나갔다고 생각하는 것도 이상하지 않았다.

"…부정은 못하겠군."

흑검은 약간의 뜸을 들인 뒤 그렇게 답하며 방금 전의 싸움과 함께 나눈 대화를 떠올렸지만 고개를 털어 생각을 끊었다. 단순히 우연으로 이어지기엔 말이 되지 않는 이야기였다.

"아무래도 놈의 위험도를 상향조정해야겠다."

"지금도 충분히 높은 수준 아니었나? 척살령이라도 내릴 생각이냐?"

"필요하다면."

반쯤 농담으로 던진 말이었지만 망설임이라고는 찾아볼 수 없는 광마의 대답에 흑검은 눈을 동그랗게 떴다.

"회에서 파악하고 있는 영지는 전부 아홉, 우리의 성지를 제외하면 여덟 곳이다. 그런데 그중에서 벌써 세 번이나 방해받았다. 사전 작업까지 포함하면 네 번, 심지어 작업 도중에 후보자 하나는 죽었고 귀독 놈은 망가졌고 나는 이 꼴이다."

그렇게 말하며 광마는 장삼 앞섶을 열어 창백한 회색빛 피부를 내보였다. 그러자 지독한 시취(屍臭)가 훅하고 흘러나왔다.

코를 비트는 강렬하고 독한 냄새에 흑검이 얼굴을 찡그리자 앞섶을 여민 광마는 눈을 빛내며 입을 열었다. 한층 더 억눌린 목소리에는 적의가 가득했다.

"이게 정상이라고 생각하나? 지금도 늦었어. 돌아가면 정식으로 놈의 척살을 건의할 생각……."

"잠깐."

이야기를 듣던 흑검이 말을 가로막으며 끼어들었다.

한껏 일그러뜨린 얼굴, 노기와 살기가 뒤섞인 목소리를 내뱉는다.

"저놈은 내 몫이다. 내 사냥감이란 말이다."

"주제넘게 나대지 마라. 우리는 네놈들의 그 추잡한 호승심 따위를 채워주려고 손을 잡은 게 아니다. 그깟 이교도 놈과의 싸움이 그렇게도 중요한 거냐? 그따위 같잖은 이유로 천마강림(天魔降臨)을 방해한다면 먼저 네놈을 죽여주마."

어떻게 반응하건 당장 폭발할 것 같은 흑검을 두고 광마가 답한다. 일촉즉발의 상황이었지만 그런 것은 전혀 고려하지 않은 듯 광기와 살기로 가득한 대답이었다.

광마는 하나 남은 팔을 앞으로 내밀며 기세를 피워냈다. 아직 화산을 다 내려온 것도 아니었지만 정말로 일전을 불사할 기세였다.

둘이 도주할 시간을 벌기 위해 모든 부하들이 동원된 탓에 주변에는 그들을 말릴 자도 없었다. 두 종류의 마기가 허공에서 엉키는 모습이 마치 짐승들이 서로 목을 물어뜯는 모습 같았다.

하지만 대치는 그리 오래가지 않았다.

"아귀(餓鬼)가 된 널 베는 것도 즐거울 것 같지만… 나라도 뭐가 더 중요한가 하는 구분 정도는 한다. 아직은 때가 아니지."

흑검이 먼저 한 발 물러섰다. 검병에서 손을 떼고 어깨를 으쓱해 보였다.

광마는 먼저 물러나는 흑검을 신기하다는 듯 쳐다보다가 흥미를 잃은 듯 먼저 자리를 떴다.

타탓!

광마가 산 아래로 빠르게 사라지자 혼자 남은 흑검은 낙안 봉으로 시선을 보냈다. 강한 호승심과 투지, 살기 따위가 뒤섞였던 시선은 곧 차분하게 가라앉았다.

대신 시선에 담기는 감정은 그 모든 것이 질척하게 뒤섞여 원형도 방향도 알 수 없는 것이었다, 복잡한 시선을 거둔 흑검은 이내 광마의 뒤를 쫓아 화산을 내려갔다.

*　　　　*　　　　*

온몸을 빈틈없이 덧칠하고 있는 격통을 느끼며 단사천은 힘겹게 눈을 떴다. 일순간이었지만 긴장이 풀리면서 정신을 잃었던 것 같았다.

'아프다는 건, 살아 있다는 건데.'

좋아해야 하나 아니면 이 엄청난 고통을 만들어 내고 있을 중상에 슬퍼해야 하나. 실없는 생각을 하며 당장에라도 가라앉을 것 같은 희미한 의식을 조금씩 끌어 올렸다.

'선 채로 기절했었나.'

간신히 의식은 되돌렸지만 전신이 너덜너덜해질 정도의 격전을 증명하듯 탈진한 몸에는 손가락 하나 움직일 힘도 남아 있지 않았다.

손발은 물론이고 무릎도 당장 꺾여도 이상하지 않을 정도로 잘게 떨리는 것이 체력의 한계를 보여주고 있었다. 할 수 있다면 이대로 쓰러져 쉬고 싶었지만, 사방에서 들려오는 날카로운 쇳소리가 거슬렸다.

결코 호의적이지 않은 소음을 확인하기 위해 끊어질 듯 가느다란 보신결의 진기를 휘돌려 눈꺼풀을 들어 올리니 보이는 것은 생각과는 조금 다른 광경이었다.

"……"

짙은 푸른색의 도복을 입은 화산파 무인들이 그를 둘러싸고 있었다. 매화검수들이었다. 성치 않은 몸으로 그를 호위하고 있었다. 하지만 단순히 호위를 위한 움직임은 아니었다. 삼엄한 기세를 내뿜으며 그들은 단사천과 일정한 거리를 유지하고 시선만 보낼 뿐, 입을 열거나 다가오는 사람도 없었다. 그런 매화검수들의 긴장된 모양새에 단사천도 덩달아 긴장했다.

더욱이 방금 전, 정신을 잃기 전까지만 해도 같이 있었던 현백기가 그새 모습을 감춘 탓에 파군의 시체 앞에 혼자 우두커니 서 있는 단사천의 긴장감은 더해갔다.

'뭐 잘못했나?'

호위인지 아니면 포위인지 알 수 없는 상황 속에서 단사천은 혹시라도 자신이 뭔가 잘못한 것이 있지는 않은지 고민했다.

'혹시 여기 외인은 출입금지인가? 아니면 영물 때문에?'

양쪽 다 가능성이 있었다. 의선문에서 그랬던 것처럼 영지에 의미를 부여할 수도 있었고 현백기와 황궁처럼 파군과 화산파 사이에서도 무언가 교류가 있을지도 몰랐다.

어쩌면 내단에 대한 욕심이나 다른 이유가 있을 수도 있었다. 하지만 더 고민할 여유는 없었다.

'그런 것보다 지금은 상처부터.'

시선을 조금만 내리면 전신을 빠짐없이 뒤덮은 상처가 있었다.

무광검기의 사용으로 생긴 심각한 내상과 정신이 혼미할 정도의 실혈(失血), 부러진 뼈와 피부에서 근육까지 찢겨나가 속이 들여다보이는 깊은 열상(裂傷). 전부가 치명적인 상처들이었다.

통증도 통증이지만 이대로 방치했다가는 싸움에 이기고 죽는 상황도 있을 수 있었다.

단사천은 주변을 둘러싼 화산 무인들을 뇌리에서 지우고 급한 손놀림으로 품속에 있을 약들을 꺼내들었다.

'큭⋯⋯.'

품속에서 나온 결과물에 단사천의 얼굴이 절로 찡그려졌다. 부서지고 찢겨 뒤섞인 약의 곤죽만이 손에 잡혔다.

수십 개에 이르던 약병 중 멀쩡한 것이 하나도 존재하지 않았다. 환 형식의 약은 몇 개 정도 원형을 유지하고 있지만 다른 것과 뒤섞여 복용할 엄두도 낼 수 없었다.

그때 화산파 무인들 사이에서 한 명이 걸어 나왔다. 격전의 흔적이 여실히 드러나는 흙과 핏물로 더러워진 옷이었지만 발걸음만은 당찼다.

"괜찮은가? 아니 물어볼 필요도 없군."

단사천 앞에 다가온 것은 청료였다. 눈앞에 있는 그에게서 객잔에서 만났을 때의 단정한 모습은 찾아볼 수 없었다. 연이은 격전에 숨길 수 없는 피로가 내비치고 있었고 파군의 발톱과 마인들의 칼날에 무복은 누더기가 되어 있었다. 하지만 그래도 단사천보다는 나은 상황이었다.

"하고 싶은 말은 많지만 일단 치료 먼저 하겠네."

청료는 대답을 듣지도 않고 단사천 옆에 앉더니 곧장 옆에 있던 화산파 무인에게서 무어라 지시했다. 그리고 얼마 지나지 않아 고약과 화주 따위가 그의 앞으로 옮겨졌다. 먼저 약의 상태를 확인한 청료는 다음으로 화주를 상처 위로 들이부었다.

"크흡……!"

독한 화주가 상처를 따라 흐르고 피가 씻기자 절로 비명이 새어나왔다. 몽롱해진 의식을 선명하게 만드는 고통이었다. 턱에 힘이 들어가고 이빨이 갈리는 소리가 났다.

청료는 무심한 얼굴로 상처 위로 화주를 계속 뿌려대며 피를 씻어 내고 환부를 살폈다. 핏물이 사라지자 드문드문 박혀 있는 돌 조각 따위가 눈에 보이기 시작했다. 거침없는 손길이 상처에 닿았다.

"아파도 좀 참게."

화주로 살을 씻어낼 때보다 더한 통증이 달렸다. 고문에 가까운 행위. 그래도 고운 가루약이 상처 위에 뿌려지자 진통 성분이 섞인 듯 고통이 가라앉았다. 통증 대신 남은 시원한 느낌과 금세 멎은 피에 상당히 귀한 약임을 짐작할 수 있었다.

"후우……."

단사천이 참고 있던 숨을 내쉰 것은 청료가 환부의 처치를 모두 끝낸 다음이었다. 깊게 호흡을 이으며 내력을 휘둘러

몸 안에 남은 탁기를 흩어낸다. 외상 못지않은 내상이었다는 것을 증명하듯 신체 내부에 쌓인 탁기의 양이 만만치 않았다.

격전을 치르며 바닥난 체력과 보신결의 진기로는 채 다 흩어낼 수 없는 양이었다. 그러나 놔둘 수는 없었다. 흩어 내는 것은 포기하고 일단 탁기를 한곳으로 밀어 넣었다. 가슴 속에 가득한 탁기, 기침처럼 가슴에서 끓어오른 탁기는 비릿한 핏물에 섞여 입 밖으로 터져 나왔다.

"쿨럭!"

탁기를 가득 머금은 죽은피가 흘러넘친다. 탁혈(濁血)이 뿜어져 나올수록 단사천의 얼굴에는 점차 편안한 기색이 서렸다. 내상과 외상, 양쪽 모두 최소한의 처치를 끝낸 상황.

위험이 물러간다. 아직도 상처는 위중하지만 당장의 고비를 넘겼다는 것에 긴장이 풀어지며 의식이 흐려지기 시작했다.

'지금 잠들면······.'

긴장이 풀린 것도 풀린 것이지만 싸움 와중의 출혈이 가장 컸다. 지혈을 하고 내상을 바로잡을 여유도 없이 필사적으로 싸우는 동안 계속해서 흐르던 피는 몇 됫박은 될 양이었다. 이제와 지혈을 해도 이미 흘린 피가 적지 않았다. 거기에 얼마 되지 않는 양이라지만 탁혈을 토해낸 것이 결정적이었다.

"이보게, 괜찮나?"

청료의 음성이 멀어진다. 음량은 커지고 있지만 귀에 들리는 소리는 점점 멀어져 간다.

'아, 아직 팔이······'

임시로 부목도 대지 못한 팔에 대한 걱정을 마지막으로 시야가 가물가물해진다. 이윽고 암흑이 내렸다.

三. 자소단

"으… 으음."

바싹 마른 입술. 입안뿐 아니라 숨을 들이쉬고 내뱉을 때마다 목이 메말라가는 것 같았다.

"정신이 좀 드는가?"

목소리가 들렸다.

느긋한 목소리, 노인의 목소리는 들어본 적 없는 목소리다. 그리 크지 않은 목소리였음에도 귀에서 둔한 통증이 느껴졌다.

다음으로 깨어난 것은 후각이다. 무엇보다 익숙한 냄새, 짙은 약재들의 냄새가 방 안에 가득했다. 사방에 약향이 강하게 배어 있었다.

다만 그런 감각들과는 다르게 촉각은 무디기 그지없었다. 손을 움직이려 했는데 움직이고 있는 것인지 아닌지 알 수 없을 정도로 느껴지는 감각이 둔했다.

'또……'

산에서 내려와 일 년도 채우지 못했건만 벌써 몇 번째인지 알 수 없는 상처에 머리가 아파왔다. 하지만 후회에 잠겨 있기보다 해야 할 일이 있었다.

'이번에는 또 얼마나 다친 거지?'

체념에 가까운 생각을 하며 주의를 내부로 돌려 단전을 자극한다. 단전에는 적지 않은 진기가 모여 있었다.

얼마나 정신을 잃었는지 알 수 없었지만 깊은 단계에 이르면서 어느새 스스로 움직이며 몸을 보하는 수준에 오른 보신결은 그 와중에도 계속해서 진기를 모으고 신체를 관리하고 있었던 것이다.

기대 이상의 진기에 조금 마음을 놓으며 전신 혈도를 세심히 짚어나간다. 대맥에서 세맥으로 진기를 휘돌린다. 시간적으로는 거의 반 시진을 소모한 결과, 생각보다 몸 상태가 괜찮다는 것을 알 수 있었다.

그리고 감각이 둔한 이유도 알 수 있었다. 전신을 거의 빠짐없이 덮고 있는 약과 붕대 때문이었다. 피부로 스며드는 약기운이 진한 것이 진통을 위한 약재로 상당히 강한 것을 사용한 듯했다. 손가락을 움직이려 해도 제대로 움직이고 있는지 알 수 없을 수준이었다.

그때 목소리가 들렸다. 몸 상태를 확인하느라 정신이 팔려반 시진 동안 잊고 있던 노인의 목소리였다.

"괜히 움직이지 말게, 아직 움직이는 건 이르니까."

노인의 목소리가 느긋함 대신 약간이나마 힘이 들어가 있었다. 덕택에 머릿속이 둔하게 울렸다.

일단 의원일 것으로 생각되는 노인의 경고를 들어 움직임을 멈추고 그제야 무거운 눈꺼풀을 들어올렸다. 보이는 것은 낯선 천장과 침상 옆에 앉은 목소리에 어울리는 넉넉한 인상의 노인이었다.

노인의 어깨너머로 보이는 방 내부 풍경은 전형적인 의방의 모습이었다.

별다른 특별한 장식이 없는 벽면과 달리 천장에는 수십 가지 약재가 종이나 무명천에 싸여 걸려 있었고 비슷한 위치에 달린 창문에서는 밝은 햇빛과 바람이 들어오고 있었다.

"여기가 어딥니까?"

운기조식의 효과가 있었는지 하루 이상을 기절했다가 깨어난 사람답지 않게 꽤나 깨끗한 목소리가 나왔다. 노인의 눈이 잠시 이채를 발했지만 그뿐이었다. 노인은 차분히 답했다.

"화산파 벽하당일세."

노인의 대답에 단사천은 조용히 한숨을 내쉬었다. 꼼꼼한 치료와 생각보다 괜찮은 몸 상태가 이해되는 이름이었고 들어본 적 있는 이름이었다. 화산 무인들의 치료를 담당하고 화산 무인들이 쓸 약을 만드는 곳, 그리고

'자소단(紫素丹)을 만드는 곳이었던가?'

소림사의 대환단, 무당파의 태청단이 정파 무림을 대표하는 영단이라고 하지만 화산파의 자소단도 그에 결코 뒤지지 않는 영단이다.

'내공 증진의 효과는 다른 영단에 비해 크지 않지만 그만큼 안정성이 높고 특히 내상 치료에 있어서는 대환단도 부럽지 않다… 였었지. 아마.'

화산파를 대표하는 고수로는 누가 있고 화산을 상징하는 절기가 무엇인지 같은 무림의 상식에 대한 것은 까막눈일지라도 이런 것만은 결코 잊지 않고 정확히 기억하는 단사천이었다.

"어디 아프거나 불편한 곳은 없나?"

"조금 답답한 것만 빼면, 괜찮은 것 같습니다."

과장이 아니라 정말이었다. 통증이 없는 지금 상태는 약에 의한 것이지만 진기를 상처 부위에 휘돌려 살펴보니 근육이

나 뼈에도 크게 이상은 없었다.

혈맥에 남은 내상은 여전히 심했지만 파군과의 사투 이후, 힘이 다해 기절한 때와 비교하자면 멀쩡한 수준이었다. 꼼꼼한 손길을 곳곳에서 느낄 수 있었다.

"그렇다면 다행이지만 나중에 제대로 확인하겠네. 특히 팔의 상처는 누가 봐도 상당히 심했으니까."

노인의 말에는 안도와 걱정이 섞여 있었다. 당장 목숨을 잃을 상황에서 살을 내주고 뼈를 취하는 심정으로 한 일이었다. 목숨은 건졌지만 그 대가로 팔에는 심대한 상처가 새겨졌다.

마지막으로 기억하는 팔의 모습을 떠올리자 기절하기 전에 느꼈던 불안감이 다시 떠올랐다.

"치료를 한다고 하기는 했지만 후유증에 대해서는 장담할 수 없네. 산을 내려가면 의선문에 한 번 가보는 게 좋을 거야."

노인은 단사천의 불안을 알아챈 것인지 침상 옆 탁자에서 차를 따르며 담담하게 단언했다.

"여기 물일세. 조금씩 흘려 넣어줄 테니 그대로 있게."

입술에 닿은 찻잔에서 물이 조금씩 흘러들었다. 한 모금도 안 될 양, 겨우 입술을 적시는 수준이지만 그 정도로도 갈증이 상당 부분 가시고 한결 편안해진 것을 느낄 수 있었다.

이윽고 찻잔을 거둔 노인은 자리에서 일어났다.

"방금 일어난 사람을 잡고 오래 있기도 그렇군. 나는 이만 가보겠네. 문 밖에는 사람이 대기하고 있을 테니 뭔가 필요한 게 있다면 부르도록 하고."

"후의에 감사합니다."

단사천의 진심어린 감사에 노인은 그저 손을 터는 것으로 답하고는 문을 열어 밖으로 나갔다.

"아무튼 편히 쉬고 있게."

의원이 나가고 단사천이 가장 먼저 한 행동은 본격적인 운기조식을 시작하는 것이었다. 정신을 차리자마자 했던 것과는 달리 이번에는 완전히 내면으로 정신을 침잠시켰다.

의식이 내부를 관조하자 느리지만 끈끈하게 전신을 휘돌고 있는 보신결의 진기가 느껴졌다.

"후우우……."

약향이 어지럽게 섞인 공기를 깊게 들이쉬고 진기를 이끈다.

지금도 전신에 퍼진 진기를 모두 단전으로 끌어 모은다. 전신에 퍼진 보신결의 진기는 이대로 두어도 천천히 신체를 회복시켜나갈 테지만 그래서는 효율도, 효과도 떨어진다.

'한 번에, 한 곳을 확실히.'

의지가 진기를 통제해 단전으로 사라지자 억눌려 있던 내상이 들끓었다. 심각함을 증명하듯 진통제의 약 기운을 뚫고 통증이 솟았다. 그래도 진기를 끌어모으는 것을 멈추지는 않았다.

이윽고 단전에 모든 진기가 모였을 때, 일주천을 시작했다. 호체보신결의 운기행로가 아닌 전신을 휘도는 일주였다. 상처 입은 혈맥에 스며들고 들끓는 내상을 억눌러 진정시킨다. 탁기는 한곳으로 모아 흩어버린다.

숨을 몇 번 들이쉬고 내뱉자 하단전, 기해혈을 중심으로 내상이 눈에 띄게 안정되어 간다. 내기의 중심이 되는 단전이 안정되자 기세를 잃고 쇠하던 진기가 다시금 힘을 얻는다. 천천히, 하지만 확실하게 기혈과 육신을 치유한다.

칠심, 이제는 신공이라 불러도 좋을 공능을 발휘하는 보신결을 전력으로 운용하고 있었지만 오랜 시간이 걸리는 일이었다. 완치는 지난했다. 사용 가능한 내공도 터무니없이 적을뿐더러 겨우 잠에서 깨어난 몸에 남은 체력도 그리 많지 않았다.

힘겹게 진기를 모으고, 기혈을 따라 주천을 시도한다. 내상으로 끊어지고 막힌 혈도에서 다음 혈도로 진기를 이끈다.

전신에서 느껴지는 통증에 무뎌지는 집중을 부여잡고 진기를 계속해서 휘돌린다.

망가진 기혈들을 차분히 보듬어 이어나가던 보신결의 진기가 오른팔에 이르러서 멈칫했다. 어느 정도 예상하고 있기는 했지만 진통제에 취해 제대로 살피지는 못했던 오른팔은 근골, 혈맥 무엇 하나 멀쩡한 것 없는 상태였다.

대맥은 영기가 흐르고 있어 탁기가 쌓이지 않았지만 세맥으로 들어가면 혈맥 전체에 탁기가 가득했다. 거세게 진기를 밀어 넣어도 탁기는 자리에서 꿈쩍도 않고 버틴다. 몇 번이고 진기를 몰아쳐 겨우 세맥 하나에 틀어박혔던 탁기를 흩어 내고 밀어낼 수 있었다. 예상 이상의 고된 작업에 단사천의 이마에 땀방울이 맺혔다.

비릿한 탁기가 섞인 숨을 내뱉고 다시 작업을 이어갔다. 몇 번이고 반복되는 운기조식에 시간을 잊고 자신을 잊는다.

창에서 비추던 햇빛이 붉게 물들고 그마저도 옅어져 갈 때 깊게 침잠한 의식이 부상했다. 반나절을 꼬박 운기조식에 매달려서 겨우 차도를 보인 오른팔이었다.

조금 차가운 밤바람을 느끼곤 단사천의 눈이 꿈틀 하며, 움직임을 보였다. 서서히 떠지는 눈.

"정신이 들었나 보군."

단사천의 눈이 침상 옆에서 자신을 내려다보는 노인의 눈과 맞았다.

늘어뜨린 새하얀 수염과 옅은 푸른빛의 도복, 탈속적인 분위기, 청수한 인상의 노도사였다.

부드러운 기도를 두르고 온화한 얼굴을 하고 있었지만 소맷자락에서 빠져나온 손이 인상과 맞지 않게 굳은살과 상처로 뒤덮여 있었다. 거기에 넉넉한 품의 도복 위로도 알 수 있을 정도로 탄탄하게 단련된 몸까지. 평범한 노도사가 아니었다.

"…누구십니까?"

다만 단사천이 알 수 있는 것은 거기까지였다. 연청색의 도복 소맷자락에 수놓인 백색 매화를 알아보고 그것이 화산파 장문인을 상징하는 표식임을 깨닫는 것은 무리였다.

벽하당의 무수한 방 중 하나, 특별한 것이라고는 없는 문 앞에서 태허 진인은 발을 멈췄다.

화산파의 장문인으로서 화산파 경내 어디고 그가 가지 못할 곳은 없었지만 겨우 이 작은 장지문을 열어젖히는 행위를 망설이고 있었다.

깊게 숨을 들이쉰다. 호흡에 반응해 일어난 자하신공의 진기가 체내를 휘돌자 조금씩 마음이 진정되어갔다.

망설임과 함께 숨을 내뱉고 마침내 문을 열었다. 노을에 붉게 물든 방 안, 그 중앙에 그가 만나고자 했던 사람이 누워 있었다.

부드러운 침상 위에서 전신을 빈틈없이 붕대로 감싸고 누워 있는 사내는 단사천이었다.

태허 진인은 방 중앙에 놓인 단사천의 침상으로 다가가 그의 안색을 자세히 살폈다. 미동도 없는 창백한 모습은 언뜻 봐서는 죽은 시체처럼 보였지만 아주 느리게, 하지만 끊임없이 숨이 이어지고 있었다.

잠을 자는 것과는 다른, 운기조식이 한창인 모습이었다. 주변을 잊고 운기 중이라는 것을 증명하듯 단사천의 안색은 호흡이 이어짐에 따라 조금씩 혈색을 되찾고 있었다.

'이런… 운기조식 도중이었던가.'

태허 진인은 쓴웃음을 지었다. 문 밖에서 고민한 시간들은 무엇이었나 하는 생각과 당장 마주하지 않아도 된다는 안도감이 동시에 들었다.

다만 그런 마음과는 별개로 새로운 고민에 태허 진인은 수염을 쓰다듬었다. 언제 시작한 것인지 알 수 없는 운기조식이라면 언제 끝날지도 알 수 없었다. 이대로 기다릴 것인지, 아니면 돌아가 다음을 기약할 것인지.

태허 진인의 선택은 기다림이었다. 마교의 습격 이후, 처리해야 할 일은 많았고 장문인인 그의 결재와 지시가 필요한 일들은 산더미처럼 쌓여 있었지만 이 일을 끝맺지 않고서는 손에 잡힐 것 같지 않았다.

침상 옆, 의자에 앉아 지난 밤 내내 정리했던 말을 다시금 정리하고 다듬으며 단사천이 일어나길 기다렸다.

그렇게 시작된, 본의 아닌 호법(護法)은 노을이 모두 지고 초저녁, 식어버린 바람이 불 때가 되어서야 끝이 났다.

"정신이 들었나 보군."

아직 완전히 정신을 차린 것은 아닌지 반개한 눈동자가 몽롱했다. 대답은 조금의 시간을 두고 돌아왔다.

"…누구십니까?"

태허 진인은 속으로 고소를 머금었다.

'허허, 거기서부터인가…….'

단사천이 무림 상식이 부족하다는 것 정도는 알고 있었다. 단사천이 어지간한 후기지수들을 발 아래로 볼 정도의 무명을 쌓았다고는 해도 근본은 문인(文人) 집안의 자제였다. 무림의 상황에 어둡다하여 흉볼 일은 아니지만, 단지 생각보다도 더 기초적인 부분에서 시작되는 물음에 당황한 것이었다.

진기를 끌어올려 당황을 진정시킨 태허 진인은 다시 입을 열었다.

"노도는 태허라 하네, 다름이 아니라 낙안봉에서 있던 일로 자네에게 할 말이 있어서 왔는데 잠시 대화해도 괜찮겠나?"

태허라는 도명을 밝혔지만 단사천의 반응은 별반 달라지

지 않았다. 여전히 속내를 짐작하기 힘든 얼굴로 덤덤히 그를 바라보고 있었다. 혹시 도명을 듣는다면 반응이 달라질지 모른다고 생각했지만 그런 일은 없었다.

"…예, 잠깐이라면."

신검과의 대화라면 아무리 짧은 시간이라도 그 기회를 얻기 위해 천금도 아끼지 않을 검수(劍手)들이 널려 있었지만 단사천의 반응은 담담함을 넘어 시큰둥했다.

그 모습에 몇 번째인지 모를 쓴웃음을 머금은 태허 진인은 입을 열었다.

"휴식 중이었을 텐데 미안하군. 다만 감사의 인사를 해야 할 것 같아서 왔네, 정말로 자네의 협의에 은의를 느끼고 있으니, 무어라 할 말이 없을 정도로 고맙고 또 고맙네."

온화한 기도를 지우고 태허 진인은 손을 들어 포권을 취했다. 긴장된 기도와 진지한 눈빛.

"자네가 아니었다면 마교 놈들의 마수에 대체 얼마나 되는 화산 문도가 죽고 다쳤을지……."

진심을 다한 인사였지만 인사를 받는 단사천은 침묵한 채 그를 응시하고 있었다. 깊고 날카로운 시선이 마치 이 감사 뒤에 숨긴 의도를 간파하고 있는 것 같아서 자신도 모르게 전신이 긴장한다.

단사천은 약간 표정이 굳어진 채 조용히 말했다.

"별일 아니었습니다. 하려고 해서 한 것도 아닙니다. 그런데 그것 때문에 오신 겁니까?"

무덤덤한 말투, 대답을 기다리는 모습이 무언의 재촉으로 다가왔다.

"흐음."

단순히 이런 늦은 시간에 감사의 한마디를 전하기 위해 왔다고 믿지 않는 것 같았다. 혹시, 아니 거의 확실하게, 그가 문 밖에서 고민하고 또 고민하던 것을 눈치챈 것이라고밖에 생각할 수 없었다.

스스로 생각해도 너무 속보이는 짓이었다. 며칠간 정신을 잃고 있다가 겨우 정신을 차린 환자를 이런 늦은 시간에 찾아와 겨우 감사 인사만 할 리가 없었다. 아니 그럴 수도 있었지만 화산 장문인이라는 자리의 무게와 주어진 의무들을 생각한다면 감사 인사 하나를 위해 이런 시간에 이렇게 찾아올 이유도, 명분도 없었다.

뒤에 무언가 의도를 숨기고 있지 않다면 말이다.

그렇지 않다면 단사천이 일어났다는 소식을 숨기는 일도, 이런 늦은 시간에 다른 사람들의 눈을 피해 오지도 않았을 것이다.

순수하게 감사를 전할 수도 없었던 스스로의 행동에, 희미한 허탈함과 자괴감을 품으며 태허 진인은 포권을 풀고 얼굴을 굳혔다. 떨어지지 않는 입을 억지로 움직여 겨우 말을 꺼냈다.

한 호흡 쉬고 최대한 담담하게 입을 열었다.

"자네 생각대로 단지 그것만은 아닐세. …후우, 본 파에서는 자네가 낙안봉에 올랐다는 사실을 비밀로 하기를 원한다네. 염치없고 상식과 도리에 어긋난 요구라는 것 잘 알고 있네."

평온을 가장하고 담담한 어조로 말을 꺼냈지만 태허 진인의 말에는 힘이 없었다. 명예와 자존심을 목숨보다 소중히 여기는 무인에게 이름을 떨칠 기회를 버리라고 말하는 것이다. 그것도 제 목숨을 걸고 화산파의 미래라 할 수 있는 제자들을 수십 명이나 구한 자에게 말이다.

감사를 해도 모자랄 일이었다. 그런데 겨우 몇 마디 감사 인사를 구실로 찾아와 이런 지저분한 이야기를 꺼내야 한다는 것이 마음에 들지 않았다. 하지만 화산의 위엄, 그간 수백 년에 걸쳐 쌓아온 전통과 명예라는 것이 그의 발목을 잡았다.

"불의에 맞서 협의를 행한 이에게 이런 말을 꺼내는 것이 옳은 일이라 생각하지는 않네. 다만 그리해 주었으면 하네."

수백에 이르는 마인의 습격으로 무수한 사람들이 죽거나 다쳤다. 그것으로 모자라 마물이 나타나고 또 수십의 사람이 죽을 위기에 처했다. 그런 싸움을 한 명의 젊은 협객이 해결했다.

화산파의 무인이 해낸 일이라면 어디에나 알리고 소문을 낼 일이었다. 아니 그게 누구라고 해도 이만한 일을 해냈다면 천하에 또 하나의 영웅이 나타났다며 축하하고 기뻐했을 일이었다.

그게 화산에서 벌어진 일이 아니었다면 말이다.

화산파의 영역, 그것도 섬서성 변두리, 오지 산골에서 일어난 일이 아니라 문파의 뜰이라 할 수 있는 화산에서 일어난 사건을 화산파 무인이 아닌 다른 무인이 해결했다는 것이 문제였다.

화산의 장로들과 매화검수들이 무더기로 나서도 해결하지 못한 일을 다른 문파의 무인이 혼자 해결했다는 것이 알려진다면 화산의 이름은 바닥에 처박힌다.

"우리는 어젯밤 낙안봉에서 일어난 모든 일을 불문에 붙일 생각이네. 자네가 화산에 오른 것, 납탑파군에 대한 것, 싸우는 과정에서 생긴 일들, 마인들에 대한 것까지 모두 말일세."

그렇게만 해준다면

"대가는 섭섭지 않게 하겠네."

그가 지금 하고 있는 행위는 변명의 여지가 없이 물질로 명예를 사는 일이었다. 한마디 말을 꺼낼 때마다 그의 마음이 무거워졌다.

태허 진인은 거기까지 말하고 고개를 숙였다. 화산파의 무인들이 봤다면 기겁을 했을 장면이었다.

'이렇게까지 해야 하는가.'

머리를 숙이는 것, 얼마든지 할 수 있는 일이었다.

제자들과 사형제의 목숨을 구한 은인에게 겨우 머리를 숙이는 것이 무에 그리 어려울까. 단지 머리를 숙이는 이유가 감사를 말하는 것이 아니라는 것이 그의 마음을 무겁게 만들었다.

'아니, 해야지. 그게 장문인의 할 일이 아니던가.'

마음 한구석을 무겁게 하던 자괴감도 잠시였다. 그는 젊은 혈기에 휘둘리는 청년이 아니었다. 산전수전을 겪으며 현실을 직시할 수 있게 된 노강호(老江湖)였다.

개인은 정의로울 수 있다. 한계를 모르는 의협심을 내보일 수 있고 행할 수 있다. 그러나 집단이 되고 단체가 된다면, 그 수장이 된다면 자신의 양심보다도, 정의감보다도 단체의 이익을 위해 행동하게 되게 마련이었다.

의협, 정의 물론 그것들은 훌륭한 잣대이지만 현실을 살아가는 자들에게 실리는 또한 마찬가지로 쫓아야 할 것이었다. 탄식에 가까운 한숨을 토하고 함께 스스로의 감정과 타협을 끝낸 태허 진인은 허리를 숙여 미리 준비해 둔 것을 손에 들었다.

쿵.

가볍지 않은 소음. 태허 진인은 침상 밑에 내려두었던 상자를 들어 탁자에 내려놓았다. 특별한 장식 없이 옻칠만을 듬뿍 먹여 검은 광택이 나는 목제 상자였다.

목함은 탁자 위로 올라오자마자 단사천의 시선을 잡아끌었다.

목함 자체는 특별할 것 없는 물건이었다. 귀한 흑단에 철로 테두리를 두른 것뿐이지만, 거기서 흘러나오는 미약한 한 줄기 향은 검은 목제 상자를 한없이 특별하게 만들고 있다.

"이건 준비한 것 중 하나일세, 벽하당주에게 듣자 하니, 자네의 몸 상태가 상당히 좋지 못하다던데. 부디 좋은 선물이 되었으면 하네."

그렇게 말하며 태허 진인은 목함을 단사천 쪽으로 가깝게 밀었다. 겨우 몇 촌, 더 가까워진 목함을 바라보는 단사천의 얼굴이 굳었다.

*　　　　*　　　　*

앞서 태허 진인이 말한 것들은 이미 뇌리에서 잊혀졌다.

'이거… 평범한 게 아닌데? 영단!'

코로 느껴지는 청아한 향기는 은은하면서도 병실 안에 가득한 다른 약재의 냄새를 밀어 내며 제 존재감을 뽐내고 있었다.

단순히 귀하고 좋은 약재를 쓴 것에서 끝나는 것이 아니라 제대로 된 연단가가 노력을 다해 만든 명품만이 가질 수 있는 품격 있는 향기였다.

단사천이 태허 진인의 눈치를 보며 물었다.

"열어봐도 괜찮겠습니까?"

"그러게나, 이젠 자네 것이니."

단사천이 어느새 긴장이 풀린 얼굴로 목함을 잡았다. 생각 이상으로 가벼운 목함에 살짝 얼굴을 굳히곤 걸쇠에 손을 가져갔다.

찰칵. 끼이이익.

걸쇠가 귀를 괴롭히는 소리와 함께 풀리고 뚜껑이 열렸다. 작은 틈새로 풀려 나오는 약향이 더욱 진해졌다.

이윽고 목함이 완전히 열리자 누런 금빛이 쏟아져 나왔다. 정확히는 빛이 뿜어지는 것이 아니라 등불의 빛을 반사하는 것이었다. 둔한 황금빛, 목함의 내부는 금박이 빈틈없이 입혀져 있었다.

'금박?'

한층 강해진 약향보다도 목함 내부의 금박에 더 관심이 쏠렸다. 환약의 경우, 보존을 위해 약 위로 얇은 금박을 씌우는 경우는 봤어도 아예 상자 내부를 금박으로 두를 정도는 단사천도 처음이었다.

금박만이 아니라 함 내부를 가득 채운 짙은 흑녹색의 이끼는 약효를 유지시키고 상태의 열화를 막는 것으로 유명한 백송흑태(白松黑苔)다.

'저거 어지간한 영단이 아니면 저렇게 안 하는 걸로 알고 있는데… 이거 설마?'

그 자체로도 귀한 약재로 쓰이기에 어지간해서는 단순한 보관재로 사용하지 않는 약재이기도 했다. 단사천은 자신도 모르게 꿀꺽하고 침을 삼켰다. 떠오르는 것은 하나밖에 없었다.

'이러면 하나밖에 없지.'

단사천은 제멋대로 풀리는 입가를 의식하고 입술을 짓씹었다. 그래도 아직은 상상일 뿐이었다. 실물을 본 것도, 태허진인의 확언도 없는 상황. 냄새와 완충제만으로는 단정할 수 없었다.

당장에라도 내용물을 확인하고 싶은 다급한 마음과 달리 손길은 더욱 느릿하게 변했다. 아이를 다루는 것보다 더 조심스러운 손길.

조심스럽게 백송흑태를 걷어 내고 유지까지 벗겨내자 마침내 주사(朱砂)의 옅은 붉은 빛으로 감싸인 엄지손톱만 한 크기의 환약이 모습을 드러냈다.

풀려 나오는 향기는 냄새를 맡는 것만으로도 심신이 안정되는 느낌이 들 정도였다.

이제 머릿속에 남은 답은 하나였다. 단사천이 고개를 들어 태허 진인을 바라봤다.

"자소단일세."

태허 진인의 진중한 한 마디가 예상을 확신으로 바꿔놓았다.

자소단(紫素丹).

무당의 태청단(太淸丹), 소림의 대환단(大還丹)과 함께 정도무림을, 아니 천하무림을 대표하는 영약이다. 단사천의 눈앞에 있는 것은 가타부타 설명이 필요 없는 지고의 영약이었다.

생기를 보충하고 내상 치유에 매우 효과적이며 무엇보다 여타 영단과 달리 안정성에 중점을 둔 사상으로 일반인이 복용해도 전혀 해가 없다는 점에서 특히 마음에 드는 영약이었다.

'자소단… 영단……'

단사천의 눈은 자소단에 박혀 떨어질 줄 몰랐다. 입안 가득 고인 군침이 당장에라도 흘러넘칠 것 같았다. 이미 단사천의 눈에는 다른 것이 보이지 않았다. 아마 가슴께에서 느껴지는 영기의 강렬한 존재감이 없었다면 그대로 상자를 챙겼을지도 몰랐다.

며칠을 굶은 걸인이 음식을 앞에 두었을 때의 눈빛이었다.

단사천은 한참이나 자소단을 바라보다가 겨우 시선을 거두고 눈을 감았다. 어떻게 생각해도 받을 수 없었다.

아무리 안전하고 대단한 영약이라고 해도 지금 몸 상태로는 복용 시 오히려 독이 될 가능성이 더 높았다. 영약이 아니라 독약이나 다름없는 것을, 향기에 취해 받았다가 인내심이 바닥나 입에 대기라도 한다면, 그 뒤는 생각하고 싶지도 않았다.

"죄송합니다만, 받을 수 없습니다."

마음에도 없는 소리를 억지로 쥐어 짜내는 탓에 목소리가 떨렸다. 둔중한 소리와 함께 목함이 닫혔다. 자소단의 모습이 시야에서 사라지고 냄새가 옅어지자 그나마 조금 진정되는 것 같았다.

하지만 예상치 못한 거절에 태허 진인은 속으로 생각했다.

'듣자 하니 몸보신에 관심이 많다 들었는데… 단순히 겉치레인 건지 아니면 명가다운 자제심으로 사양하는 건가 아니면 다른 '무엇'이 이미 있는 것인가.'

그의 눈에 굳은 얼굴의 단사천이 보였다. 자소단이 들어 있는 목함으로는 눈길조차 주지 않고 그를 바라보는 단사천의 모습에 태허 진인은 내심 감탄했다.

자세히 본다면 내려가는 눈길을 억지로 붙잡고 있다는 느낌이 들 테지만 태허 진인은 이미 생각에 빠져 있었다.

'대학사가 청백한 관료로 이름이 자자하더니 자식도 그러한가. 그렇지만 이렇게 되면 일이 복잡해지겠군……'

단사천이 행한 일이 있기에 화산파에서는 강하게 나갈 수 없었다. 결코 무시할 수 없는 배경에 화산파 제자들의 은인이라는 상황까지 겹쳐 있었다.

자소단은 은인에 대한 보답이기도 했지만 엄밀히 말하자면 다음 뇌물을 위한 기름칠이었다. 아무리 이유가 충분한 보답이라지만 자소단 정도 되는 보물을 받는다면 제안을 조금은 생각할 수밖에 없다는 계산속이었다.

"부담 가질 필요 없네. 이건 어디까지나 은의에 보답하는 물건이니 앞에 말한 것과는 별개로 받아주었으면 하네."

다시 자소단을 단사천에게 밀어보지만 이번에는 아예 눈을 감아버렸다.

태허 진인이 보기에 단사천의 그런 모습은 옳지 않은 것은 보지도 말 것이며, 듣지도 말지어다. 유학 경전에서 튀어나온 것 같은 명문대족의 모습으로밖에 보이지 않았다.

잔뜩 굳은 얼굴을 보며 그제야 자소단을 뒤로 물렸다.

"그보다, 먼저 말씀하셨던 건 말입니다."

다시 눈을 뜬 단사천의 말에 태허 진인의 얼굴이 굳히고 다음에 올 말을 대비하듯 고개를 숙였다.

"그렇게 하겠습니다."

가벼운 대답. 고함과 욕설은 아닐지라도 경멸까지는 각오하고 있던 태허 진인의 귓가에 닿은 것은 가볍고 평탄한 말이었다.

"정말인가?"

태허 진인이 반사적으로 고개를 들었다. 당황한 태허 진인의 반응에는 눈길도 주지 않고 단사천은 담담하게 대답했다.

"뭐, 떠들 일이라고요. 그럼 저는 산중턱에서 습격을 당했던 걸로 하면 되겠습니까? 그걸 화산파 무인들이 지나가다 구했다는 정도면 충분할 것 같은데요."

"고마운 말이지만 그래도 괜찮겠나?"

"괜찮습니다. 무명이라는 것, 문인에게 그리 좋은 것만은 아니기도 하고 말이죠. 그럼 또 다른 용건이 있으십니까? 제가 아직은 완전히 회복된 게 아니라서, 가능하면 빨리 끝내 주셨으면 하는데요."

그 말에 태허 진인은 단사천이 환자라는 것을 상기했다. 처음 대화하던 때와 크게 변한 것은 없어 보였지만 고수의 반열에 오른 그이기에 알 수 있는 변화가 존재했다.

미묘하게 차오른 숨과 얼핏 보이는 땀.

눈도 살짝 충혈된 것이 채 가시지 않은 내상의 기미가 여실히 보였다.

"아, 밤이 깊었군. 미안했네, 편히 쉬고 뭔가 필요한 게 있으면 말해주게, 바로 구해줄 테니."

급히 인사를 마친 태허 진인은 들어올 때처럼 발소리도 인기척도 내지 않은 채 사라졌다.

                    *   *   *

태허 진인 돌아가고 난 후 단사천은 숨을 내쉬었다. 자소단의 냄새를 맡지 않기 위해 숨을 참고 있었더니 깊게 들이마신 숨에서 자소단의 잔향이 느껴졌다.

'조금만 더 있었으면 자소단 그냥 다시 달라고 할 뻔했네.'

환자라고는 해도 상당히 무례한 축객령이라고 생각하며 재차 한숨을 내쉬었다.

연장자, 그것도 몇 배는 되는 삶을 살아온 노도인에게 댁이 말하는 것을 들어줄 테니, 이만 가보시오. 라고 말하는 것이 어디 제대로 된 대접이란 말인가.

하지만 어쩔 수 없었다. 견물생심(見物生心)이라는 격언이 괜히 있는 것이 아니었으니까. 자소단이 계속 시야 안에 놓여 있었다면 단사천의 인내심이 대화가 끝나는 것보다 먼저 바닥날 지경이었다.

"하아⋯⋯."

아까운 마음에 절로 한숨이 새어나왔다. 분명 바른 선택이었지만 그래도 아까운 건 아까운 것이었다. 눈앞에 어른거리는 자소단의 붉은 자태를 떠올리며 단사천은 남은 향기라도 맡기 위해 숨을 깊게 들이쉬었다.

'아⋯ 자소단⋯⋯.'

그새 희미해지기 시작한 청아한 향기에 단사천의 마음이 더욱 울적해졌다.

四 . 추살

새하얗게 눈이 내린 천산 골짜기를 두 흑의인이 걷고 있었
다. 피와 먼지로 더럽혀진 마의를 두른 두 흑의인의 정체는
화산에서부터 쉬지 않고 내달려온 흑검과 광마였다.

"다 왔다."

흑검의 메마른 입술이 달싹였다. 두 마인의 시선이 닿은
곳은 안개가 자욱한 골짜기의 앞이었다. 인근에서는 유령곡
이니 불귀곡이니 하는 불길한 이름이 붙은 골짜기를 앞두고
둘은 그제야 지난 열흘간 쉬지 않고 걸었던 발을 멈췄다.

그렇게 한 다경쯤 기다렸을까. 갑작스레 유령곡의 안개 속

에서 인영이 나타났다. 인기척도 없이 나타난 백의를 걸치 자들은 광마와 흑검을 확인하더니 순식간에 거리를 좁혀왔다.

"혼천의 사도를 뵙습니다."

백의인들은 극진한 예로 둘을 맞이했다.

"종주(宗主)께서는?"

"지금은 내원 기도실에 계십니다. 안내하오리까?"

"아니, 기도 중이시라면 방해해서는 안 될 터, 일단 천지에 먼저 가겠다. 영지를 다녀왔더니 귀식대법(鬼植大法)이 좀 망가졌더군."

광마는 그렇게 말하며 목덜미를 감싼 천을 들춰내고 그 속을 보였다. 창백한 피부에 보라색과 푸른색이 섞인 반점이 곳곳에 퍼져 있었다. 그 반점에서는 눈에 보일 정도의 마기가 검은 연기처럼 피어오르고 있었다.

"알겠습니다. 흑검수라께서는 어찌시겠습니까?"

"알아서 하겠다. 가서 생문이나 열어."

"존의(尊意)."

나타날 때와 마찬가지로 갑작스레 백의인들이 사라지고 얼마 지나지 않아 안개 사이로 길이 열렸다. 희미하고 좁은 길이지만 분명히 주변에 비해 안개가 옅은 길이었다.

안개 속으로 들어가고 얼마 지나지 않아 그들의 앞에 환한 공간이 나타났다. 절벽 중앙의 삼두육비의 거대한 수라상을 중심으로 무수한 동혈이 뚫려 있었고 무수한 사람들이 분주히 돌아다니고 있었다.

백의인이 안개 속으로 돌아가며 말했다.

"저는 이만 물러가겠습니다. 그럼."

다시 짙어지는 안개 속으로 사라진 백의인에게는 눈길도 주지 않고 광마와 흑검은 제각각 다른 방향으로 발을 옮겼다.

숨이 막힐 정도의 열기와 습기로 가득한 거대한 공동. 공동은 마치 누군가 먹을 칠한 것처럼 흑색으로 물들어 있었다.

천장에 박힌 야광주와 벽면에 걸린 무수한 횃불들의 빛을 반사하는 검은 암석들은 요요로운 빛을 뿜어 내고 있었고 중앙에는 유황의 냄새가 풍기며 끓어오르는 검은 열탕이 자리하고 있었다.

그 열탕 앞에 귀독이 서 있었다. 잠시 들끓는 검은빛의 열탕을 바라보던 귀독은 곧 독수에 발을 담갔다.

치이익!

끓어오르는 열탕에 가죽신이 닿자 그대로 녹아내리며 매캐한 연기가 치솟았다. 그의 몸에서 뿜어져 나오는 지독한 독기를 감당하기 위해 특별히 제작된 물건이었건만 촌각도 버티지 못했다. 생명을 용납하지 않는 강렬한 독기였다.

그러나 그런 와중에도 귀독의 육체는 상하지 않았다. 오히려 그 독기에서 힘을 얻는 듯 창백한 회백색 살결이 넘실거리는 검은 독수를 흡수하고 있었다. 귀독은 계속해서 더 깊은 곳으로 발을 옮겼다. 허리, 가슴을 지나 턱 밑까지 차오른 독수에 그제야 발을 멈췄다.

넘실거리는 독수가 입과 코를 덮을 지경, 귀독은 그 상태로 한참동안 몸을 담그고서야 밖으로 나왔다.

"흐으으으……."

길게 내쉬는 숨에서 독기가 섞여 나왔다. 비릿한 냄새와 흑녹색이 묻어나올 것 같은 숨결이었지만 그래도 광기가 넘실거리는 귀독의 눈에 비할 바는 아니었다.

"팔은… 새로 하나 구해야겠군."

지저분하게 봉합된 팔의 흉터를 내려다보는 광마의 눈에 짙은 살기가 어렸다. 그가 떠올리는 것은 그의 팔을 이렇게 만든 자의 얼굴이었다.

단사천, 혈교의 차기 교주로서 길러지며, 동시에 천마강림이라는 영광스러운 위업의 후보로 드높은 위치에 있던 그를 여기까지 끌어 내린 자를 생각하고 있었다.

귀독은 강렬한 증오심을 불태우며, 이제는 뜻대로 움직일 수도 없는 팔을 내려다보고 혼천지(混天池)의 독기 없이는 멎지 않는 고통에 얼굴을 찌푸렸다.

귀독에게는 자신이 있었다. 스스로가 강자의 축에 든다는 자신이.

수만, 수십만에 이르는 무인들 사이에서 강함을 입증하는 것은 어려운 일이나, 그는 분명한 자부심과 자신감을 가지고 있었다.

비록 천하최강을 노릴 정도는 아니라 하나, 적어도 동년배 아니 한 배분 정도 윗세대를 포함해서도 그는 약자가 아니라 고 자신했다.

귀독의 자존심은 근거 없이 이뤄진 것은 아니었다.

혈교가 자랑하는 강력하고도 사이한 마공을 근간으로 무 수한 무인을 죽였고 죽은 인간이 남긴 부정적인 념(念)과 진 기를 먹어치우며 그 모든 것을 힘으로 바꿨다.

그 숫자가 백을 넘고 천에 이를 때가 되자 귀독의 자존심 은 오만이라 불러도 좋을 정도로 과대해졌다. 결국 그는 오 판했다. 상대를 깔보고 낮춰보았다. 그게 패착이었다.

처음부터 전력을 다했다면, 수단과 방법을 가리지 않고 제 대로 놈을 상대했다면, 모두 변명이었다. 시시하기 짝이 없는 변명들.

변명조차 할 수 없는 처참한 패배는 그날까지, 귀독이 쌓 아온 자부심의 붕괴를 의미했다.

"으아아아!!"

숫구치는 감정을 주체 못하고 독수의 연못을 내려쳤다. 퍼엉 하는 소리와 함께 독수가 치솟는다. 독수는 넓게 튀어서 공동에 비처럼 쏟아졌다. 독수는 곧 원래의 모습을 되찾았지만 수면을 내려친 귀독의 팔은 그렇지 못했다.

손가락이 부러지고 피부가 찢겨 터져나갔다. 독수가 지닌 기운에 귀독의 진기가 부딪힌 결과였다. 그렇지만 통증을 잊어버린 몸. 몸 안쪽이 불타버릴 것만 같은 살의와 적의는 허무하게 떠돌 뿐이었다.

"시끄럽다. 천지에서는 소란을 피우지 말라는 경고를 몇 번이나 더 들어야 알아들을 거냐?"

불쾌함이 가득 섞인 날카로운 목소리에 귀독의 고개가 돌아갔다. 독수의 열탕과 그 바깥의 경계에 서 있던 것은 광마였다.

"언제 돌아왔지?"

"지금."

"청의검협 놈은?"

떨리는 손에 힘을 주며 주먹을 쥐었다. 상처에서 느껴지는 통증은 더해지지만 그렇게라도 하지 않으면 마음속의 격정이 넘쳐흐를 것 같았다.

"…글쎄."

치이이익!

광마의 옷과 신발이 타들어가며 내뿜는 유독성 연기가 잠시 귀독의 시야를 가렸다. 하지만 그 잠깐 동안 광마의 얼굴에 떠오른 표정을 확인하는 건 어렵지 않았다. 형편없이 일그러진 얼굴이었다.

이제 와 혼천지가 내뿜는 독기와 마기에 영향을 받을 광마가 아니었다. 지금도 광마의 몸은 오히려 상처가 회복되고 있었다. 광마가 얼굴을 찌푸리는 이유는 그가 한 질문 때문이라는 것을 귀독은 바로 알아차렸다.

"그래, 아직 안 죽었다 이거군. 좋아……."

귀독의 전신에서 기파가 불안정하게 넘실거리고 공동에 가득 찬 마기와 탁기가 그에 반응해 거칠게 날뛴다.

안도와 증오가 뒤섞인 복잡한 속마음, 귀독의 표정에서도 드러났다. 사나운 웃음을 지으면서 끓어오르는 분노를 견디기 위해 이를 악물고 있었다.

"카학! 퉤엣! 좋아. 아직 내 차례가 남아 있다는 거군. 아주 좋아."

입안에 머금었던 독수를 뱉어 내며 귀독은 초조해진 마음을 다스렸다. 눈을 가늘게 뜨고 천천히 숨을 내쉬었다.

당장에라도 나가서 날뛰고 싶은 기분이었다. 이곳이 그들의 본산이 아니었다면, 그랬을지도 몰랐다. 겨우 남아 있는 자제심이 들썩이는 어깨를 내리눌렀다.

"먼저 간다."

초조해할 필요는 없다. 천천히 기회를 노린다. 거미가 거미줄을 치고 벌레가 지나가길 기다리 듯, 틈을 보일 때까지 느긋하게 기다리는 일. 그건 귀독이 누구보다 잘하는 일이었다.

광마는 귀독을 내보내고 홀로 독수에 잠겼다. 영기에 노출되고 선기에 노출되어 붕괴되어가던 귀식대법의 기운이 안정을 되찾는 것이 느껴졌다.

본디 상처를 통해 독수가 파고드는 것은 고행을 거듭해온 고승도 감당하기 어려운 고통이겠지만 이미 귀식대법을 통해 아귀를 몸에 담은 광마에게는 어떤 고통도 느껴지지 않았다. 오히려 차오르는 마기와 독기가 주는 충실감에 웃고 있었다.

"사도이시여. 식사 준비가 끝났습니다."

덜컹.

입구 부근에서 그를 부르는 소리와 수레가 멈추는 소리가 들렸다. 천지로 들어올 자격이 없는 자들이었다. 충실감에서 벗어나는 것이 아쉬웠지만 저 수레에 있는 것은 그가 명령한 것이었다.

"수고했다."

공손히 허리를 숙이는 인부들을 물리고 수레에 가득한 '음식'을 바라봤다.

수레에 있는 것은 차곡차곡 쌓아올려진 인간의 시체였다. 붉은 피가 여태 식지 않은 시체, 겨우 한 다경도 안 되는 사이에 육신의 주인의 삶이 끝났음을 알려주고 있었다.

광마가 씨익 웃으며 다리 하나를 꺼내들었다. 근육과 살점의 덩어리를 단번에 크게 베어 물고 그 안에 담긴 귀기와 마기를 음미했다.

귀식대법으로 변이된 불사괴룡공의 기운이 체내로 들어온 기운을 포식했다. 마공, 그것도 혼천종이라는 같은 뿌리를 가진 기운이기에 너무도 쉽게 먹어치워 흡수한다. 한동안 포식에 집중하던 괴룡공은 필요한 영양분이 충족되자 곧장 제 할 일을 시작했다.

너덜너덜하던 절단면에서부터 잘려 나간 팔이 돋아난다. 마치 송진처럼 진득하게 상처부위에 달라붙은 독수가 굳고 그 위로 회백색 살점이 더해진다. 수레 안에 담긴 시체를 모두 먹어치웠을 때 광마의 팔도 완전히 재생되어 있었다.

회복이 아니라 재생이다. 새로이 돋아난 팔은 어깻죽지 부분에 지저분한 경계선을 지니고 있었는데 멀쩡했던 부분과 비교해 훨씬 더 하얗게 탈색되어 있었다.

검은 핏줄이 도드라지는 손을 이리저리 움직이던 광마는

만족스러운 표정을 지었다.

"좋군."

광마는 수레를 입구 근처로 치우곤 공동을 나섰다.

*   *   *

피부로 느껴지던 공기의 흐름에 변화가 생겨나고 혼천종주, 대천마왕(對天魔王) 진락이 침잠되어 있던 의식을 되돌렸다.

평범한 인간을 아득히 능가하는 지각능력. 상대가 경공의 고수이거나 초일류의 살수라도, 소리가 없더라도 미세한 대기의 변화만으로도 기척을 감지해낸다. 지금은 단순한 명상이었지만 설령 운기행공의 도중이라 할지라도 기척을 놓치는 일은 없을 터였다.

기척의 주인과 그 사이의 거리는 약 사 장여, 진락은 입가를 일그러뜨리며 천천히 눈을 떴다.

느껴지는 기척 너머, 약간은 어두운 기도실의 그림자에 녹아들어 있는 것은 혼천종 특유의 수도복을 입고 있는 광마였다.

"종주를 뵙습니다."

대답하지 않고 진락은 광마를 보았다.

합장하고 있는 두 손의 색이 다르다. 느껴지는 기운은 충만한 것 같으면서도 불안하게 흔들렸다. 괴룡공과 대법의 힘으로도 완전히 지우지 못한 내상의 흔적이었다.

"몸은 괜찮으냐?"

천하를 울리는 악명에서는 상상도 할 수 없는 부드러운 목소리에 광마는 허리를 펴며 답했다.

"걱정하실 정도는 아닙니다."

"그래, 그렇다면 되었다. 그런데 어인 일로 온 것이냐."

"방해물의 처리에 대해서 허락을 구하고자 왔습니다."

"말해보아라."

부드러움이 사라지고 진락의 말에 무게가 깃들었다.

대계라는 단어는 그만큼 무거웠다. 교단의 전력이 집중된 것은 물론이고 시기를 놓치면 앞으로 얼마나 더 기다려야 할지 알 수 없는 계획이다. 자연히 말의 무게가 달라질 수밖에 없었다.

"청의검협에 대한 추살령(追殺令)을 내려주셨으면 합니다."

대답을 대신해서 진락의 시선이 광마를 향했다. 이유를 요구하는 시선에 광마는 연이어 말했다.

"개봉과 천주, 태산과 항산 그리고 화산에서 놈과 만났습니다. 영지 자체는 계획대로 정화가 가능했습니다만, 그 과정에서 예상 이상의 피해를 입어야 했습니다."

"그게 전부 청의검협, 그 젊은 불신자 하나 때문이다?"

무어라 답하려는 광마를 두고 진락은 손을 휘휘 내젓고는 다시 말을 이었다.

"아니, 네 판단이라면 그것이 옳겠지, 하지만 마정(魔精)의 완성이 가시권에 들었다. 움직일 수 있는 자들은 많지 않다. 추살령을 내리기엔 상황이 좋지 않아."

"…알고 있습니다. 하지만 귀갑신마대(龜甲神馬隊)가 남아 있지 않습니까?"

진락은 눈을 가늘게 떴다. 무림인이라기보다는 기병에 가까운 부대. 파괴력은 인정하나 단점이 너무나 컸다.

"신마대는 너무 눈에 띈다. 중원 한복판에 있는 놈을 잡기에는 적합하지 않아. 애초에 신마대는 마정의 완성 이후, 대전을 준비하고 육성한 무인들이다. 아직 마정조차 완성되지 못했거늘, 불신자들의 주의를 끄는 것은 불가하다. 차라리 수라문의 백면수라대(百面修羅隊)를 빌리도록 해라. 누군가를 죽이는 데는 그 백정들이 더 효과적일 테니."

"그럴지도 모릅니다. 하지만 지금이라면 신마대를 드러내지 않고 움직일 수 있습니다."

"무슨 소리냐?"

"운남의 영지는 이미 손을 쓰셨다고 들었습니다. 그렇다면 이제 중원 천하에 남은 것은 요동에 있는 영지뿐인데, 그곳이라면 신마대를 마적 떼로 위장해서 사용할 수 있습니다."

"놈들이 요동으로 간다는 보장은 없다. 지맥을 따라 세외의 영지를 찾아갈 수도 있는 노릇 아니더냐? 놈들이 요동으로 가지 않는다면 귀중한 전력 하나를 낭비하는 셈이다."

진락의 지적에 광마는 고개를 저었다.

"그럴 가능성도 있습니다. 하지만 그렇다 해도, 낭비는 아닙니다. 어차피 신마대는 대계의 마지막까지 움직이기 힘든 무력. 놔둔다 하여 쓸 곳이 생기는 것도 아니지 않습니까?"

진락이 먼 곳을 보는 눈을 하더니 다시금 굳은 얼굴로 천천히 고개를 끄덕였다.

"…그래. 그 일은 일임하겠다. 하지만 지금 네게 있어서 가장 중요한 것은 방해의 배제가 아니라 천마강림을 준비하며 사도로서의 본분을 다하는 것이다. 강림의 때가 다가오고 있다. 헷갈려서는 안 될 일이다."

천마강림, 그들이 혈교와 수라문이라는 이단들의 손을 잡을 수밖에 없었던 이유. 그들의 숙원을 말함이었다.

"여부가 있겠습니까."

*　　　　*　　　　*

또 한 번 천하가 시끄러워졌다. 소림에 이어 화산, 구파일방의 거두라 할 수 있는 화산파마저 마교도의 침습에 화를 입었다는 소식은 빠르게 천하각지로 퍼졌다.

구파일방, 흔히들 십대문이라 부르며 정파의 기둥이라 추앙하지만 그중에서도 신망의 두텁고 얇음은 분명히 존재한다.

소림과 무당이 첫째라면 그다음을 따르는 것이 화산이다. 그리고 이 셋은, 나머지 일곱과는 반 보 앞, 혹은 그 이상의 위치에 있는 문파들이었다.

그런데 그런 문파들이 연이어 습격을 당했고 격퇴 유무를 떠나 막대한 피해를 입었다. 그렇다고 마인들에게 반격을 가한 것도 아니다. 정도무림을 대표한다는 문파들이 그저 얻어 맞고만 있는 상황에 소란이 없을 수 없었다.

하지만 모두가 소란에 휩쓸린 것은 아니었다. 그 뒤에 있을 무언가를 파헤치려는 사람들도 있었다.

화산의 정경이 바로 보이는 객잔 이층 난간에 걸터앉은 무설과 현백기도 그중 하나였다.

"뭔가 꾸미고 있는 것은 확실한데, 그게 뭔지 알 수가 없어. 영지의 영기를 흩어봐야 달라지는 것은 없을 텐데……"

삶은 콩을 기계적으로 입에 던져 넣던 현백기의 말에 무설의 아미가 곱게 찌푸려졌다.

그녀도 마인들이 무언가 꾸미고 있다는 것은 짐작할 수 있다. 아무 의미도 없이 이렇게 매번 수십 수백 명의 목숨을 바쳐가며 할 이유가 없으니까.

'아니 광신도라는 건, 그런 상식적인 생각과는 다르게 움직일 수도 있겠지만, 그간의 행동이나 대화를 생각하면 분명 뭔가 있어.'

하지만 아무리 생각해 봐도 무엇을 위해서 라는 의문의 답은 나오지 않는다.

"그것보다 이무기 꼬맹이가 언제쯤 내려올 지 들은 것 없느냐?"

"화산 경내에는 들어가지도 못하는 건 저나 왕야나 다를 바가 없는데, 저라고 들은 게 있겠어요?"

무설은 어이가 없다는 목소리를 냈다. 아무것도 몰라 답답한 건 그녀도 마찬가지였다.

"그래도 슬슬 이걸 넘겨줘야 하는데 말이다."

현백기는 풍성한 꼬리털 속에서 아이의 주먹만 한 구슬을 꺼내들었다. 그것은 흑색과 금색이 복잡하게 뒤섞여 있었고 유리를 떠올리게 만드는 매끄러운 외견이었다. 하지만 천하에 비교할 수 없을 정도의 기물(奇物)이며, 당대 누구도 지니지 못한 기의 정화(精華)였다.

이 구슬이야말로 현백기가 파군이 쓰러진 그날 밤 모습을 감춘 이유였다.

칠흑과 황금의 빛이 공존하는 구슬의 정체는 납탑파군의 내단이었다. 화산 영지의 막대한 영기가 응축되어 있는 내단이며 동시에 광마가 파군의 몸에 박아 넣은 나찰정의 마기가 뒤섞인 내단이 현백기의 앞발에 의해 이리저리 굴려지고 있었다.

"그래도 이번에 서 소저가 올라갔으니 소식이라도 가지고 오겠죠."

답하면서도 무설의 눈이 데굴데굴 구르는 내단을 쫓았다. 그 안에 담긴 막대한 기운이 아니라도 화려한 외관은 사람의 시선을 빼앗을 만했다. 다만 그녀의 눈이 파군의 내단을 쫓는 이유는 무인이나 여인으로서 가지는 열망은 아니었다.

몸서리쳐질 정도의 존재감. 파군의 내단은 그저 그곳에 존재한다는 사실 자체로 시선을 잡아끌었다. 살아 있는 생물처럼 맥동하는 기파에 피부가 따끔거릴 정도로 짙고 음울한 마기의 존재가 더해지니 본능적으로 몸이 긴장한다.

"너무 오래 꺼내놓는 것도 그렇군."

시선을 느낀 것인지, 현백기는 내단을 꺼낼 때와 마찬가지로 꼬리털 사이로 감췄다. 내단의 모습이 시야에서 사라지고 현백기의 기가 내단의 기운을 덧씌우듯 강해지자 그제야 긴장이 풀렸다.

"이렇게 보니까 알겠네요. 단 공자가 얼마나 대단한 괴물이랑 싸웠는지……."

　고개를 내저으며 무설은 화산의 봉우리로 시선을 옮겼다.
아마 지금쯤이면 서이령이 단사천을 만나고 있으리라. 마음
같아서는 자신도 올라가고 싶었지만 잠시 문호를 잠그고 외
인의 출입을 막고 있는 탓에 의원이라는 입장을 활용할 수
있었던 서이령과 달리 명분이 없는 그녀는 따라갈 수 없었
다.

　그저 이렇게 기다리는 것이 그녀가 할 수 있는 전부였다.

　"하아……."

五 . 재활

습격으로부터 겨우 일주일, 화산파의 장문인이 직접 움직이며 소문을 억제하려 했던 것이 무색하게도 화산 경내에는 몇 가지 소문이 돌고 있었다.

"대체, 어디서 흘러나간 건지."

태허 진인은 기가 막힌다는 듯 중얼거렸다. 물론 노력이 전혀 효과가 없었던 것은 아닌지라 대다수의 소문은 자세한 내용은 존재하지 않았고 구 할 이상 억측과 상상으로 이루어진 것들이었지만 남은 일 할이 그의 얼굴에 헛웃음을 만들어 냈다.

"화산의 패배… 라."

흔히 개방 거지들을 상대로 비밀을 가질 수 없다고는 하지만, 대체 언제 어디서 이야기가 새어나간 것인지 알 수가 없었다.

혹시 모를 상황에 대비해 화산 무인들이 눈에 불을 켜고 돌아다니는 이 와중에 아무도 눈치채지 못할 정도로 은밀하게 이야기를 캐낸 솜씨에는 태허도 솔직히 감탄할 수밖에 없었다.

'습격 이후, 산중에 멀쩡했던 개방도는 없던 걸로 기억하는데 그 몸으로 돌아다닌 건가….'

방심을 못하겠군. 자신도 모르게 입 밖으로 튀어나온 말이었다.

"뭐라고 하셨습니까?"

"아니, 아무것도 아닐세. 그저 혼잣말이니 신경 쓰지 말게."

무심코 튀어나온 혼잣말에 반응한 단사천이 물었다. 태허진인은 곧 마음을 가라앉히고 단사천을 바라봤다.

이상적이라고 할 정도로 균형 잡힌 신체는 모자라지도 과하지도 않게 근육이 들어차 있었다. 탄탄함과 유연함을 겸비한 근육은 옷 너머로도 그 존재를 확인할 수 있었다.

뼈를 깎는 노력이 엿보이는 몸은 어설픈 단련으로는 결코 이룰 수 없는 명품이었다.

"벌써 움직여도 괜찮은가?"

"괜찮은 것 같습니다. 서 소저나 벽하당주의 소견으로는
이제 완치라고 해도 좋다더군요."

"그런가? 그거 다행이군."

도저히 원상태로 회복할 수 없을 것 같았던 팔의 상처는
그 예상을 비웃듯 겨우 일주일 사이에 완치되었다. 비정상적
인 회복 속도는 특출한 자연 치유력이나 무제한으로 사용된
약재의 덕도 있겠지만 가장 큰 것은 역시나 호체보신결의 힘
이었다.

내기의 안정성이나 신체 보호에 중점을 둔 심법은 드문 것
이 아니지만 겨우 호흡 몇 번으로 내상을 가라앉히고 극한까
지 인체를 끌어올리는 호체보신결의 힘은 경이롭다고밖에 표
현이 불가능한 신공이었다.

이제 단사천의 몸에 남은 것은 흉터뿐이었다. 호랑이의 줄
무늬처럼 거칠게 새겨진 흉터는 결코 가볍지 않았을 상처를
증명했지만 그뿐이었다.

"팔은 좀 어떤가? 감각에 문제는 없나?"

태허 진인이 팔을 가리키며 물었다. 그렇지 않아도 그걸 확
인하기 위해 뒤뜰에 나왔던 것이었다. 적당히 몸이 데워졌음
을 확인한 단사천이 움직이기 시작했다.

"후우우."

오른발을 앞으로, 왼발은 땅을 밀어 내듯 자세를 취한다. 경건하게까지 느껴지는 무겁고도 느릿한 움직임. 흉터가 새겨진 팔이 아주 천천히 검을 뽑아간다.

동작은 허리춤에서 눈높이에 이르는 상단 올려 베기. 축이 되는 다리는 전혀 움직이지 않은 채, 오른팔만을 곧게 뻗어 직선을 그린다.

일말의 흔들림도 없는 안정감이 돋보인다. 제 속도를 내지 않아 더욱 흔들리기 쉽건만, 단사천의 검세는 곧게 흔들림 없이 이어졌다.

"훌륭하군."

태허 진인은 감탄했다. 거짓이 섞이지 않은 순수한 진심이었다.

철심을 박아 넣은 목검이지만 진검을 다루는 것 같은 진중함이 느껴졌고 발걸음에서 손짓 하나까지 육신을 완전히 의식 하에 다루고 있는 것이 느껴졌다.

'역시 시기에 의한 헛소문이었던가?'

단사천을 두고 돌던 몇 소문들이 잠시 떠오른 태허 진인이었지만 이내 흩어버렸다. 집안, 재능, 노력 부족할 것 없는 자에겐 당연히 따라붙는 험담이려니 한 것이다.

겨우 약관의 나이에 저런 경지에 오르기 위해서는 뼈와 살을 깎는 노력은 물론, 밤낮과 침식을 잊을 정도로 무공에 몰두해야 했다. 적어도 그가 지닌 상식선에서는 그랬다.

'저 나이에 구파 장로 이상이라……'

검을 맞대고 무리를 나누지 않아도 느껴지는 기도만으로도 경지를 짐작할 수 있었다. 날카로운 보검과 같은 예기. 직접 단사천의 싸움을 지켜봤던 제자들의 말을 이해할 수 있었다.

'이 정도는 되어야, 그것을 상대할 수 있었겠지.'

태허 진인의 눈이 단사천을 바라보며 빛났다.

'조금, 무뎌졌나.'

허공을 가르는 무딘 목검을 좌에서 우로 크게 휘두르며 단사천이 속으로 중얼거렸다. 딱히 가감 없는 객관적인 감상이었다. 자신의 신체와 무공이라면 누구보다 객관적으로 판단할 수 있었다. …상처는 예외지만.

'역시 손끝의 감각이 둔해졌어.'

겨우 며칠 정도 쉬었을 뿐이다. 길지 않은 휴식이었다. 하지만 절대안정 권고를 충실히 따르며 그야말로 죽은 듯 누워 있었던 탓인지 아니면 상처의 후유증인지 감각적인 부분에서 미묘한 오차가 존재했다.

일상생활에 문제는 없겠지만 촌각을 다투는 영역에서라면

목숨을 잃고도 남을 오차였다.

아무래도 한동안은 재활 훈련을 주로 수련 계획을 짜야겠다고 생각하는 동안 태허 진인의 말이 들려왔다.

"재활이 필요하지 않나?"

마음을 읽기라도 한 것인지 너무나 적절한 순간에 들려온 말이었다.

"혼자 휘두르기만 해서는 모르는 것도 있는 법이니 상대가 있으면 좀 더 자신을 객관적으로 보고 재활에 임할 수 있는 법이지. 어떤가, 한번 어울려 보지 않겠나?"

"…군이 그러시지 않아도 괜찮……."

명확한 의사를 담아 짜게 식은 눈으로 바라보았지만 태허 진인은 대단히 위험해 보이는 미소를 짓고 있었다.

어디선가 많이 본, 익숙한 미소였다.

"사양할 것 없네."

웃음이 사라진 얼굴. 태허 진인은 대답을 듣는 대신 먼저 손을 뻗었다. 태허 진인이 펼친 것은 검법은 아니었다. 그렇지만 신검의 이름에 부끄러운 것도 아니었다. 절정의 매화산수(梅花散手). 매화꽃잎이 만개하듯 손가락이 다섯 갈래로 쫙 펴지며 단사천의 손목을 노려왔다.

'이럴 것 같더라니!'

자신의 사부도 그렇지만 무림인이라는 인종들은 하나같이

이런 식이었다. 몸 상태를 점검하려는 그를 태허 진인이 따라 나온 시점에서부터 느끼고 있던 막연한 불안감이 현실이 된 것이다.

짧은 감상과 함께 단사천이 반사적으로 발을 내딛고 검격을 내쳤다. 망설임도 흔들림도 없는 발검, 방어 본능의 발현이었다.

쐐액!

둔탁한 파공성과 함께 검에 실린 무게는 속도가 되어 태허 진인의 공격과 마주했다.

따악!

막 변화를 시작하려던 초식이 쾌검에 파훼되어 흩어지고 태허 진인의 손이 머리 위로 튕겨져 날아갔다.

찰나의 순간, 갑작스레 이뤄진 일련의 교환에 태허 진인은 놀란 얼굴을 감추지 않았다.

예상보다 빠른 출수와 망설임 없는 일격을 마주한 태허 진인의 다음 반응은 웃음이었다.

단사천이 그의 일수를 걷어낸 순간, 평온하던 기척이 지워지고 전혀 다른 기도를 내뿜고 있었다. 사람이 뒤바뀐 것 같은 착각이 들 정도였다.

"좋구나!"

태허 진인은 감탄하면서 튕겨져 나간 손을 되돌렸다. 한 손으로는 매끄럽게 이어지는 매화산수의 초식을 연거푸 전개하는 한편, 허리춤의 고검을 뽑아들었다.

다행히 최소한의 자제심은 남았는지 검신을 드러내지 않고 검갑 채로 꺼내들었지만, 그래봐야 태허 진인 수준의 무인이라면 손에 든 것이 얇은 나뭇가지일지라도 흉기이기는 마찬가지였다.

물론 그 정도 되는 무인이니 손속을 조절하는 정도는 얼마든지 가능할 터였다. 적당히 한 대 맞으면, 재활을 빙자한 비무는 바로 끝난다. 그럼에도 검을 내뻗어 저항하는 것은 단지 그 한 대도 맞고 싶지 않을 뿐이었다.

'하는 수 없지. 빠르게 간다.'

검이 요대를 막 벗어나는 시점에서 단사천이 움직였다. 가만히 놔두다가 시작될 공세를 막느니 차라리 먼저 공세에 나서기로 한 것이다.

낮게 깔리는 일격, 검이 하단을 노리고 내뻗어졌다. 자세가 완전해지기 전에 먼저 균형을 무너뜨리려는 의도였다.

쉬이익!

하지만 검격은 날카로운 소리와 함께 허공을 갈랐다. 겨우 반 보 움직인 것으로 검을 피해냈다. 땅 위를 미끄러지듯 움직이는 절정의 암향표다.

반 보의 거리를 좁히기 위해 단사천이 보법을 밟자 이번에는 태허 진인도 단사천에게 다가왔다. 갑작스레 좁혀진 둘 사이의 간격은 검을 뽑고 휘두르기에는 너무나 가까운 거리였다. 단사천의 발이 멈춘 사이 다시 한 번 매화산수의 어지러운 수영(手影)이 짓쳐들었다.

타악! 딱!

길고 복잡해진 궤도를 어떻게든 끼워 맞춰 검격을 잇자 경쾌한 소음과 함께 또 한 번 태허 진인의 손이 허공으로 튕겨 났다. 그리고 그것을 기다리고 있었다는 듯 태허 진인의 검이 움직였다.

단 한순간의 틈이었지만 태허 진인의 매화는 벌써 만개하고 있었다. 어디를 노리고 움직이는 것인지 알 수 없는 무수한 변화를 담은 검이 사방에서 쏟아졌다.

청료를 상대했을 때와 비슷한, 하지만 그보다도 더욱 화려한 환검이었다. 실초를 파악하는 것은 검초가 완성되는 순간이미 포기했다. 결국 선택한 것은 그날 청료를 상대했던 그 방법이었다.

쉬익!

따다다당!!

연속적인 소음과 함께 허공에 만발한 매화를 흑색의 선이 꿰뚫기 시작했다. 그러자 이번에는 태허 진인의 얼굴이 굳었다.

"큭……!?"

어떤 대응을 할지 기대하며 단사천을 바라보던 태허 진인은 상상 외의 대응에 당황했고, 동시에 무심코 침음을 흘릴 정도로 강렬한 충격이 손아귀에 가해졌다.

태허 진인이 충격과 당황으로 주춤하자 연속적으로 짓쳐드는 단사천의 흑색 검영(劍影)은 어느새 매화검의 변화를 집어삼키듯 늘어났다.

허공에서 서로의 검이 번개같이 움직였다. 검은 벼락과 붉은 꽃잎이 얽혀드는 것 같은 모습. 점차 검격이 교환이 빨라졌다. 손이 어지러워지기 시작하고 흑색이 우세해질 때.

태허 진인의 눈이 빛났다. 손속에 가감을 그만두고 자하진기를 극성으로 끌어올렸다. 북 터지는 듯한 소리와 함께 단사천의 신형이 뒤로 크게 밀려났다.

"…지금 이거 재활 훈련 맞습니까?"

단번에 이 장 거리를 물러난 단사천은 식은땀을 흘리며 태허 진인을 바라보았다. 눈에 보일 정도로 넘실거리는 노을빛 기운과 위험한 웃음. 이러다 다시 병상에 눕겠다는 감상이 절로 들게 만들고 있었다.

"얼마나 할 수 있는지 한계를 확인해 보는 것도 재활의 하나 아니겠나."

말이 끝나는 것과 함께, 자세를 갖출 틈을 주지 않고 검이 뻗어왔다.

그러나 단사천의 검은 자세를 갖추지 못해 무너진 중심으로도 태허 진인의 검보다 빠르게 움직였다.

검을 쥔 손과 손목을 노리고 짧게 베어오는 검격, 인체의 한계를 넘은 유연성과 강성이 아니었다면 있을 수 없는 일격이었다.

틈이라 할 수 없는 틈새를 노리고 휘둘러진 검격을 태허 진인은 종이 한 장 차이로 간신히 피해낸다. 목검이 도포 자락을 거칠게 베어낸다.

일격을 빗겨내고 반격으로 이어가려는 태허 진인이었지만 그의 반격보다 빠르게 이 격이 도달한다.

날카롭게 쳐올린 검을 이번에는 도끼처럼 내려찍는다.

예측을 한참이나 웃도는 속도에 대한 태허 진인의 대응은 검면과 검면을 맞대는 것이었다. 방어로서 본다면, 실패라고 말할 수 있는 한 수. 하지만 뒤이은 결과는 엉성하지 않았다. 검과 검이 맞닿자 태허 진인의 검이 미끄러지듯 단사천의 검을 타고 흘렀다.

그 순간, 단사천의 검이 기세를 잃고 허공을 헤엄쳤다. 곧 검의 뒤를 따라 손과 어깨가 차례로 흘러가고 이내 몸 전체가 공중을 헤엄치고 있었다.

자신의 검의 기세를 이기지 못한 듯이, 내뻗은 검과 팔을 기점으로 허공에 내던져진 것이다.

어떻게 라는 의문도 품을 수 없는 자연스러운 유(柔)의 무리(武理). 화산이 아니라 무당산에서나 볼 수 있을 법한 검공이었다.

'젠장!'

갑작스러운 변화에 단사천은 당황하면서도 곧장 자세를 고쳐냈다. 거꾸로 뒤집힌 몸을 허공에서 바로잡아 땅에 내려설 때는 다리로 착지할 수 있을 정도였다.

경이적인 신체 지배력이었다. 그 찰나에 균형을 회복했지만 이미 코앞까지 짓쳐든 태허 진인의 다음 수에는 얼굴을 굳힐 수밖에 없었다.

반응하려면 내상을 각오하고 무광검기를 꺼내드는 수밖에 없었다.

'무광검기, 아니면 그대로 한 대 맞고 끝을 낼까, 아니 한 대 맞으면 끝이 나기는 하나……?'

어느 쪽이 더 피해가 적을지 고민하던 단사천이었지만 굳이 둘 중 하나를 선택할 필요는 없었다.

"지금 뭐하십니까!"

후원 입구에서 노기를 가득 담은 고함이 울려 퍼졌고 태허 진인의 몸이 덜컥 멈췄기 때문이다.

벽하당주의 목소리였다. 이제 막 후원에 들어온 듯, 꽤 거리가 있었지만 내공이 가득 실린 목소리는 검을 멈추고도 남았다.

긴박한 분위기를 가르고 울려 퍼진 외침에 태허 진인은 단사천의 얼굴 앞까지 들이밀어진 검을 거두곤 장난을 들킨 아이 같은 웃음을 지었다.

"여기까지 해야겠군. 조금 덜 풀린 것 같지만 어쩔 수 없지."

태허 진인의 기세가 흩어졌다. 그러나 전신에 가득한 투쟁심과 호승심이 완전히 사라지지는 않았다. 각오 없이 그 앞에 선다면 잔향만으로도 살갗에 소름이 일 것 같았다.

"…저는 차고 넘칩니다."

그와 반대로 단사천은 처음부터 호승심 따위는 존재하지 않았기에 날카로워졌던 기도를 곧바로 예의 노곤한 느낌으로 풀어냈다. 느릿하게 흩어지는 기도는 어딘가 피로에 절은 느낌까지 들었다.

"장문인!"

"그럼 몸조리, 마저 잘하게."

태허 진인은 그렇게 말하며 슬슬 뒷걸음질 치더니 벽하당주가 어느 정도 가까워지자 본격적으로 신법을 전개해 담을 넘어 사라졌다.

절정의 암향표가 남긴 옅은 매화향이 가시자 벽하당주가

그 자리를 대신했다. 한달음에 후원을 가로지른 벽하당주는 그대로 머리에 손을 얹고는 태허 진인이 향한 방향을 노려보다가 입을 열었다.

"하아… 어디 다친 곳 없나? 팔은?"

단사천에게 묻는 말이었지만 대답을 듣기도 전에 손을 뻗어 단사천의 팔을 매만졌다. 빠르지만 정확한 손놀림이었다. 근골과 기혈을 살피더니 이내 입을 열었다.

"…멀쩡하군. 근육이 조금 놀랐지만 이 정도는 쉬면 낫는 거고."

팔을 확인한 다음은 상체와 하체를 모두 꼼꼼하게 확인하는 촉진(觸診)이었다. 반 다경이 지났을 즈음 손을 뗀 벽하당주가 다시금 한숨을 내쉬었다.

"다음에도 또 저러면 그냥 무시하도록 해, 그러면 제풀에 지쳐 가버릴 테니 굳이 어울려 줄 필요는 없네."

"알겠습니다."

단사천이 굳은 얼굴로 답하자 벽하당주는 생각 이상으로 진지한 대답에 어색한 웃음을 지었다.

*   *   *

벽하당주가 떠나고 난 뒤에도 단사천의 운동은 계속됐다.

계획에 없던 비무에 조금 정신적으로 지치기는 했지만 그리 길지도 않았고 몸에 상처가 남은 것도 아니었다. 약간의 정신적 피로감은 수련을 멈출 이유가 되지 못했다.

쐐액!

내공을 배제하고 순수하게 육신의 능력으로만 검을 휘두른다. 무광검도는 아니다. 지금 펼쳐내고 있는 것은 점창의 기본 검공이며 동시에 어린 제자들의 신체를 단련하기 위한 동공(動功)이었다.

발검, 앞으로 나아가며 올려 베고 뒤로 물러서며 내려친다. 다음은 하체를 그대로 둔 채 무게중심만을 옮기며 좌우를 번갈아 베고 납검을 한다.

복잡하지도, 심오하지도 않은 간결하고 쉬운 여섯 초식의 동작을 몇 번이고 반복해서 펼쳐낸다. 조급하지도 느긋하지도 않은 움직임은 일체의 잡념을 허용하지 않았다.

고승의 예불을 떠올릴 정도의 경건함까지 느끼게 하는 모습이었다.

"허 참, 일어났다기에 바로 와 보았더니만 거 회복한 지 얼마나 되었다고 벌써 수련이냐?"

등 뒤에서 들린 목소리의 주인은 무양자였다. 그는 정신을 차린 것도 며칠 되지도 않았으면서 그새를 못 참고 수련을 재개한 제자를 바라보며 기가 차다는 표정을 짓고 있었다.

"칠주야를 내리 쉬었는데 더 쉬면 살만 붙습니다. 어떻게! 만든! 몸인데! 놔둡니까!"

대답을 하면서도 몸을 멈추지 않았다. 여전히 흔들림 없이 완벽한 기본공의 움직임. 마치 수십 년은 펼쳐온 것 같은 연륜과 숙련도였다.

"그래 그럴 거라고 생각했다. 네 성격에 그렇겠지. 그래도 무리는 하지 마라."

무양자는 말하면서도 허탈한 웃음을 내뱉었다.

'…무리하게 시키려 해도 할 놈이 아니긴 하지만.'

그렇게 일다경 정도를 더 움직인 끝에야 단사천은 수련을 마치고 몸을 닦았다. 무리하지 않는 선, 평소에 비하면 조금 모자란 수준에서의 종료였다.

움직임을 멈추자 열이 오른 몸이 산 위의 찬바람에 식혀진다. 몸이 다 식기 전에 재빨리 몸을 닦지만 어느 곳 하나 놓치지 않고 꼼꼼하게 땀을 닦아낸다. 청결 유지야 말로 질병 예방의 기본이었다.

빠르면서도 섬세하게 땀을 닦아낸 다음은 그토록 기다리던 시간이었다.

팔락팔락.

약탕기 앞에 쪼그리고 앉아 적당한 속도로 부채질을 한다.

명문가의 독자에게 어울리는 일은 아니지만 점창파에 들어오고 난 뒤 제 몫의 약을 직접 달이기 시작한 지도 벌써 십 년이 넘었다. 이제는 완숙의 경지에 이르렀다.

불씨가 강하지도 약하지도 않게 조절하며 필요에 따라서는 수련을 하는 동안에도 사용하지 않았던 내공까지 일으켜가며 화로의 불을 조절했다.

물이 끓기 시작하는 순간에 맞춰 불길을 줄인다. 베 보자기로 입구를 막아놓았기에 내부가 보이지 않았지만 다년간의 경험과 한계까지 끌어올린 감각은 변화의 순간을 놓치지 않았다.

수련을 할 때 이상으로 날카로워진 집중력은 마치 장인이 명작을 만들 듯 약을 달이는 모든 과정을 놓치지 않고 눈에 담는다.

달인 후에는 따로 준비한 새하얀 베 보자기에 약재를 걸러 내고 아기를 다루듯 섬세한 손놀림으로 천천히, 부드럽게 양손으로 쥐어짜낸다. 한 번에 마실 분량이 나왔다면 남은 것이 아깝다하여 손에 힘을 더 주거나 강하게 짜내지는 않는다. 그랬다가는 오히려 속에 좋지 않은 것들도 흘러나오게 마련. 이 정도가 적당한 선이었다.

겨울을 앞둔 화산의 차가운 공기 속에서 모락모락 김을 피워올리는 한 첩의 탕약. 짙은 적갈색이 그릇 안에서 넘실거렸다.

"으음……!"

양손으로 사기그릇을 떠받쳐 입술 앞으로 가져오자 강한 탕약의 냄새가 코를 간질이고 더운 김이 얼굴을 때렸다.

화로의 불이 있기는 했지만 약을 달이느라 그리 강한 화력을 내지는 못했기에 차가운 바람 사이에서 느껴진 따스함은 소중했다.

"그럼."

약간 뜨겁다 싶을 정도의 온도, 입안에서 목으로 흘려 넘기는 진한 쓴맛과 묘한 고소함과 단맛.

꿀꺽, 꿀꺽, 꿀꺽.

목을 넘어가는 한 모금마다 눈물이 찔끔 흘러나온다.

"카아!"

숨으로 뿜어져 나오는 약향이 기분 좋게 코를 울린다.

화기(火氣)의 보충을 위한 탕약인 만큼 약간은 쌀쌀했던 추위도 단번에 날려 버리는 강렬한 열기가 그새 식어버린 몸에 스며들었다.

말라버린 논이 오랜만에 내린 비를 머금듯, 몸은 오랜만의 탕약을 탐욕스럽게 먹어치웠다. 목울대가 움직일 때마다 빠르게 비워지는 사기그릇.

찰랑.

그릇에 남은 몇 방울 되지 않는 탕약까지도 남기지 않기 위해 그릇을 거꾸로 들고 뒤편을 손바닥으로 내려친다. 사기그릇을 입가에서 떼어 내자, 한숨에 가까운 탄성이 터져 나왔다.

"크윽."

마지막 한 방울까지 놓치지 않았다. 텅 비어버린 사기그릇, 눈이 저절로 약탕기로 향했다.

아직 약탕기 안에는 두 그릇 분량의 탕약이 남아 있지만 저것들은 점심과 저녁을 위한 분량이다.

지금 마셔 버리면 과용이 되어버린다. 서이령이나 벽하당주가 한 말을 떠올릴 필요도 없이, 상식으로 알고 있는 것이었다. 그럼에도 눈은 약탕기에서 벗어날 줄 몰랐다.

'사천녹원(四川鹿苑)의 녹용……'

화산에서 제공받은 약재는 최상품이었다. 당귀, 구기자, 천궁이나 홍화 같은 모든 재료가 그랬지만 특히나 녹용은 황궁에 납품되며 같은 무게의 금으로도 겨우 거래되는 명품이었다.

'한 모금만 더?'

떠오르는 생각을 떨쳐 버리기 위해 거칠게 고개를 내젓고 겨우 일어섰다.

'참아라, 참아야 한다. 마음 놓고 먹고 마시는 건 다 끝나

고 난 뒤에도 얼마든지 할 수 있어. 겨우 한 모금 더 마시자고 처방을 어겨서는 안 되는 일이지.'

찰싹, 하고 제 뺨을 두어 번 두들긴다. 소리도 크지 않고 때린다기보다는 가져다 대는 정도, 그다운 행위였다.

겨우 발을 떼고 자리를 벗어나지만 아쉬움이 담긴 눈은 후원 한쪽에 남은 약탕기를 몇 번이나 되돌아봤다.

수련을 할 때보다 더 힘들게 발을 떼는 단사천이었다.

그리고 그 모든 과정을 지켜보고 있던 무양자는 깊은 한숨을 내쉬며 고개를 내저었다.

*　　　*　　　*

벽하당주는 상청궁 문을 열고 들어섰다. 어둑한 실내에는 태허 진인이 그를 기다리고 있었다.

"장문인."

"왔는가. 일단 앉게."

옆자리를 권하는 태허 진인의 모습에서는 방금 전까지 전신에 가득하던 호승심의 잔재도 찾아볼 수 없었다. 고요한 기도가 상청궁의 공기를 무겁게 내리누르고 있었다.

평생을 수련에 바친 노도(老道)의 존재감이었다.

"자네 말대로 역시, 없더군. 뭔가 거대한 것을 품고 있는 것 같기는 했지만… 적어도 납탑파군의 내단은 아니었고 말이지."

"그러게 제가 몇 번이나 말하지 않았습니까. 그 소협이 내단을 빼돌려 복용했을 리 없다고 말입니다."

자리에 앉은 벽하당주는 한숨과 푸념을 내뱉고 찻물을 들이켰다. 맑은 차향에 지끈거리는 머리가 좀 풀리는 것 같았다.

"청료 녀석도 그랬고 그 장소에 있던 다른 제자들도 말하지 않았습니까. 파군을 베고 난 뒤, 단 소협은 그대로 쓰러졌다고. 내단을 빼돌리거나 할 겨를이 없는 상황이었습니다."

"하지만 내단은 사라졌다. 파군의 사체는 그대로였지만 가장 중요한 내단이 사라졌어. 그것만 말일세. 그것이 있었다면 조금은 나았을 것을……."

납탑파군의 내단, 태허 진인이 움직인 이유였다. 장문인으로서 가벼이 움직여서는 안 되는 것을 이해하고 있었지만 등천을 앞뒀던 영물의 내단은 그가 직접 움직일 가치가 있었다.

그래서였다. 그 자리에서 가장 결정적이었던 인물이며, 동시에 화산파와는 관계가 없는 유일한 인물의 단사천의 뒤를 캔 것은 그런 속물적인 이유 때문이었다.

억지스러운 비무를 하고 벽하당주에게도 단사천의 몸 상

태를 확인하게 했다. 명문이라는 이름에 부끄러운 짓이었지만 그러고도 결국 아무런 정보도 얻지 못했다.

얻은 것이라고는 진상을 숨기고 얻은 마물 토벌의 명성과 한때 영물이었던 것의 사체뿐.

그나마도 그 사체는 탁기로 가득해 가공할 수도 없는 물건이었다.

"이제 그만 포기하십시오. 장문인."

"그래야겠지. 지금 중요한 건 외물(外物)이 아니라 제자들을 다독이고 수습하는 걸 테니."

그도 무엇이 우선이 되어야 하는지 알고 있었다. 무엇보다도 사람이 우선이라는 것은 그도 알고 있는 일이었고 그 정신을 지키며 살아온 것을 자랑으로 여겼다. 하지만 한숨이 새어나오는 것까지 막을 수는 없었다.

"후우……."

태허 진인은 한숨을 쉬곤 찻잔을 다시 입에 가져갔다. 차는 조금 오래 우려낸 탓인지 은근한 향기는 변함없었지만 떫고 쓴맛이 강해져 있었다.

*　　　　*　　　　*

단사천이 화산 산문을 나선 것은 해가 머리 위에 떠오르고도 얼마간의 시간이 더 지나고 나서였다.

시간이 지체된 것은 그간 신세를 진 벽하당주에게나 인사를 건네고 떠날 생각이었지만 떠난다는 말을 듣고 찾아온 청료와 매화검수들의 감사 인사에 시간이 길어진 탓이었다.

"은혜를 받았으면 갚아야 하는 법, 뭔가 필요한 게 있으면 말하게, 내 힘이 닿는 한 도와줄 터이니."

청료와 십여 명의 매화검수들은 제각각 상처를 달고 있었다. 적어도 사지 한 곳에는 부목과 붕대를 두른 모습이었지만 일시에 포권을 취하는 모습은 협객담에 나올법한 광경이었다.

"그때는 부탁드립니다."

다만 그 유일한 관객인 단사천은 적당히 인사를 받아넘겼다.

'나중에 자소단을 달라고 하면 주려나. 아니 무리겠지.'

이미 한 번 거절한 것이다. 그것도 장문인이 직접 나섰던 것을 면전에서 거절했다. 장문인에게 다시 부탁하는 것도 아니고 시간이 지난 뒤에 청료나 매화검수에게 부탁해서 받을 수 있을 것 같지는 않았다.

힘 빠진 걸음걸이로 벽하당을 나선 단사천은 몇 걸음 걷지 못하고 다시 발을 멈췄다.

흑백 도복을 걸친 점창과 문도 다섯, 그리고 서이령과 몇 호위들이 나란히 서 있었다. 가장 먼저 반응한 것은 서이령이었다.

"단 공자님, 무사하셔서서 다행입니다."

"크게 다쳤다 들어 걱정했다. 그래도 괜찮아 보이니 다행이다."

그다음은 일성이었다. 청료나 무양자에게서 단사천의 상태를 전해들은 그는 다행이라 말했지만 옆에 서 있는 다른 일자배 제자들의 얼굴에는 아무래도 좋다는 무관심과 짜증 정도만이 엿보였다.

"거기까지만 해라. 저놈이 늦장 부린 덕에 벌써 미시(未時)다. 해지기 전에 내려가려면 서둘러 움직여야 한다."

무양자의 주의에 단사천에게 다가가던 서이령과 일성의 발이 멈췄다. 북방의 겨울은 해가 짧다. 빠르면 유시(酉時) 중에 해가 질 수도 있었다. 다들 경공을 익힌 무림인이라지만 화산의 산세를 생각하면 두 시진은 그리 길지 않았다.

"이야기는 내려가면서 해도 충분하겠지? 당장 움직이자."

탓, 타탓.

깎아지른 듯 들쑥날쑥한 화산의 돌계단을 경쾌한 소음과 함께 내려간다. 이름만 재활 훈련이었던 태허 진인과의 대련과는 달리 적당한 속도로 경공을 발휘하고 있으니 조금씩 감각과 실제 근육 사이의 간극이 메워지고 있었다.

거기에 근 열흘 만에 제대로 해보는 달리기였다. 적당히 데워지는 근육과 기분 좋게 차오른 호흡과 박동하는 심장, 건강한 몸이라는 것은 역시나 기분 좋은 것이었다.

"역시 무림인들이랑은 상종을 않는 게 최선이지. 앞으로는 싸우지 말아야겠군."

그 소리를 들은 호위들이나 서이령이 쓴웃음을 짓고 있었지만 생각에 잠겨 있던 단사천은 자신도 모르게 입 밖에 나온 그 말을 입안에서 되새기며 엄숙하게 고개를 주억거렸다.

돈과 권력이라는 간편하고 효과 좋은 도구를 놔두고 굳이 완력에 기댈 필요가 어디 있던가. 다행히도 자신은 좋은 집안에서 태어난 덕에 둘 모두 부족하지 않게 가지고 있었다. 어느 정도의 낭비는 아무렇지도 않을 정도로.

'너무 안일했어.'

대체 언제부터 무림인들과 칼부림을 하는 게 익숙해졌던 걸까, 평생을 생채기 하나로도 파상풍을 걱정하고 상처가 곪아 악화되는 것을 걱정하며 살아왔던 자신 아니었던가.

'언제부터 이렇게 된 건지.'

그런데 무공을 배우고, 마인들과 얽히고 난 뒤로는 목숨이 몇 개나 되는 것처럼 날뛴 것은 물론이고 생채기와는 비교도 안 될, 파군을 앞두고는 팔이 떨어지는 것도, '쯧, 어쩔 수 없지.' 정도의 감상으로 넘어가려 했다.

물론 그때는 그게 가장 합리적인 선택이었다는 걸 알고는 있다. 하지만 그걸 감안해도, 무림인들의 세계에 물들어 작은 상처들을 무시할 정도로 타락(?)한 과거를 되짚고 있으니 급격히 우울해졌다.

이제 희미해졌지만 전신에 남아 있을 흉터들을 떠올리면 그 우울함은 더 깊어졌다.

'앞으로도 이렇게 살 수는 없지.'

게으르고 안일했던 지난날을 반성하고 더욱 정진할 것을 다짐하자 조금 기분이 풀렸다. 하지만 그것도 잠시, 몇 걸음 걷는 동안 아침에 있었던 태허 진인의 습격이 떠올랐다.

그것만이 아니라 무슨 생각을 하는지 알 수 없는 미치광이들의 모습도 떠오르자 가라앉았던 두통이 다시 골을 울리는 것 같았다.

…앞으로는 싸우지 않을 수 있겠지?

새로이 다진 각오의 실현 가능성을 스스로에게 묻자 대답 대신 골이 지끈거리는 것을 느끼며 단사천은 이마를 부여잡았다.

"아악!"

"단 공자님!?"

갑작스러운 단사천의 비명에 옆에서 발을 맞추던 서이령이

다급한 목소리로 일행을 멈춰 세웠다. 하지만 단사천은 그러
거나 말거나, 어쩐지 앞으로의 고생이 훤히 보이는 것 같아
멍하니 하늘만 올려다보았다.

단사천의 비명에서 비롯된 소란으로 잠시 발을 멈췄던 일
행은 곧 다시 출발했다.

"별일 아니었다."

잠시 앞으로 가 단사천의 상태를 살피고 온 일성은 막내
사제가 중얼거리던 내용을 떠올리곤 가볍게 웃어버렸지만 일
향은 얼굴을 찌푸려 대열 중앙을 바라봤다.

호위무사들에 의해 잘 보이지는 않았지만 조금씩 보이는
단사천의 등을 노려보고 있었다. 노려보던 것도 잠시 곧 고
개를 홱 하고 돌려 버리며 작게 중얼거렸다.

"무공이 안 되면 주제파악이라도 할 것이지. 왜 나대서는
열흘이나……."

귀를 기울이지 않으면 듣기 힘들 정도로 작은 목소리였다.
무양자의 옆으로 옮겨간 일성은 듣지 못했지만 그래도 바로
옆에 있던 일도와 일양의 귀에는 흐릿하게나마 닿았다.

일양은 마찬가지로 얼굴을 찌푸리며 고개를 끄덕이는 것
으로 동의를 표했고 일도는 쓴웃음을 지었다.

다른 사람들은 듣지도 못한 말을 지적해 괜한 소란을 일

으키고 싶지 않았고 어느 정도는 그녀의 말에 그도 동의하고 있었던 것도 있었다. 마인들의 습격 이후로 열흘을 화산에 발이 묶여 있어야 했던 이유는 오로지 단사천 때문이었으니까.

그래도 일부러 산을 올라와 마인들을 상대했다는 의기(義氣)만큼은 폄하하고 싶지 않았기에 슬쩍 눈치를 주는 것으로 사제와 사매의 불평을 멈추었다.

'좋은 집안 출신이라 그런지, 조금 제 실력을 과신하는 건 아닌가 싶군.'

그만한 배경과 나름의 실력, 실적이 있으니 콧대가 높아진 것도 당연하리라, 일도에게 단사천의 인상은 그 정도였다.

그 뒤로는 별다른 일없이 산을 내려올 뿐이었다. 산자락을 내려와 경사가 완만해진 곳에서, 약을 먹어야 한다며 가벼운 식사와 약의 제조에 일행이 잠시 멈추기는 했지만, 단사천이 병상에서 일어난 지 얼마 지나지 않았다는 점 때문에 일행들은 별말 없이 휴식을 받아들였다.

도착한 것은, 신시 말 무렵이었다. 붉고 푸른 등이 내걸린 커다란 나무 문, 보름 정도를 머물며 익숙해졌던 객잔의 문을 열어젖혔다.

"앗, 단 공자!"

"오라버니!"

객잔 문을 열고 들어가자마자 두 사람의 목소리가 들렸다. 문을 여는 것과 시간차가 거의 없는 환영이었으니, 계속 기다리고 있던 것이 분명했다.

목소리가 들리고 얼마 되지 않아 곧장 이층에서 내려온 두 여성의 뒤로는 관일문이 난처한 웃음을 짓고 있었고 객잔 구석 탁자에 모여 앉은 호위무사들도 관일문의 얼굴에 떠오른 복잡한 표정을 하고 있었다.

"어서 오십시오. 도련님."

조금 늦게 다가온 관일문이 고개를 숙였다.

"별 탈 없이 돌아오셔서 다행입니다."

그렇게 말하는 관일문의 목소리는 원래도 낮고 굵은 목소리였지만 그간의 마음고생을 드러내듯 한층 더 무거워져 있었고 이마의 주름도 며칠 사이 더 깊어진 것처럼 보였다.

"그런데 장 노대는 어디 나갔습니까?"

그가 도착했다는 걸 알면 누구보다 먼저 달려 나올 것이라 생각했던 장삼이었지만 어디에도 그의 커다란 덩치는 보이지 않았다.

六．흥보

"도련님께서는 괜찮으시던가?"

방금 전 방 안에 들어온 관일문에게서 단사천이 돌아왔다는 소식을 전해들은 장삼은 보고 있던 서찰을 내려놓고 일어섰다.

"네, 별 이상 없으셨습니다. 이후 서 소저가 좀 더 제대로 확인해 보겠다고 했습니다만 아마 별 탈은 없을 거라고 합니다."

"그래, 무사하셨다니 다행이군. 정말로 다행이야."

장삼은 다시 자리에 앉으며 쓴웃음을 지었다. 호위 대상을 놓친 호위. 정작 중요한 순간, 급박한 상황에서 도움이 되기는커녕 짐이 되어버렸다.

마교도, 그것도 독과 암기를 거리낌 없이 쓰던 상종 못할 종자들이었다고는 하지만, 그것도 변명이었다.

오히려 그런 상황이었기에 더욱 마지막까지 작은 주인의 옆에 있어야 했다.

그날의 추태는 여전히 마음에 남아 있었다.

무력함이나 죄책감이 심중에 가득했다.

그렇기에 지금도 당장 단사천을 맞이하러 나가지 못한 것이다.

그나마 상처 없이, 무사히 돌아왔다는 점만이 유일한 구원이었다.

"곧 나가도록 하지."

"지금 바로 나가시지 않습니까?"

관일문의 의문에 장삼은 시선을 앞으로 되돌렸다. 장삼의 맞은편에는 회색 마의를 입은 사내가 앉아 있었다. 평범함을 그대로 옮겨 놓은 것 같은 촌부의 모습에 잠시 고개를 갸웃거렸지만 이내 소매에 수놓아진 엉성한 백마(白馬) 문양을 보고 가볍게 놀랐다.

'단목장군가의 파영대(波影隊)가 왜?'

의문이 떠올랐지만 그리 오래가지는 않았다. 시야를 가리

듯 들어 올린 장삼의 손에 곧장 주의를 돌렸다.

"지금은 이게 더 급한 것 같군."

"알겠습니다. 그러면 저는 가보겠습니다."

"음, 그러게나."

정중하지만 조금 딱딱한 군문의 예법과 함께 관일문은 방을 나섰다.

군문을 나온 지 꽤 되었음에도 변함없는 그였다. 문이 닫히고 시선을 파영대원에게 고정했다.

"미안하군."

"아닙니다. 소가주께서 무탈하시다니 다행입니다."

"고맙네, 그럼 이야기로 돌아가지."

누그러졌던 분위기를 다시 경직시키며 거친 손놀림으로 서찰을 내려치듯 탁자에 펼치고 약간의 시간을 두고 입을 열었다.

"…여기 쓰인 것들이 정말인가?"

장삼의 질문에 회의 사내는 가만히 고개를 끄덕였다. 장삼은 얼굴을 와락 일그러뜨렸다.

"아직 아무런 소식도 듣지 못했는데,"

"운남왕부에서 북경으로 보낸 파발을 바로 가지고 내려왔습니다. 단가의 능력을 무시하는 것은 아닙니다만, 일이 터지고 하루에 삼백 리를 달려온 파발보다 빠를 순 없지요."

사내의 단언에 장삼은 담담히 긍정했다. 중요한 것은 어떻게 소식을 들었느냐가 아니라 내용이었다.

"……."

장삼은 말없이 다시 서찰로 시선을 돌렸다. 몇 번이나 읽었지만 내용은 변하지 않는다.

서찰에 쓰인 문파의 이름들은 하나같이 운남성에 기반을 둔 문파들이며 또한 점창파의 속가제자들이 세운 문파였다.

그리고 그 뒤에 쓰인 두 글자. 멸문(滅門).

"화산파가 습격당한 날, 운남성 옥룡설산 인근 문파들도 습격을 받았습니다. 정확한 피해는 확인을 해봐야 알겠지만 최소로 잡아도 수백 명이 죽었습니다. 일대에서 생존자는 한 손에 꼽을 정도라더군요. 거기 쓰인 대로 흉수는 혈교와 혼천종의 마인들로 추정 중입니다."

어조는 차분히 가라앉아 있었지만 말을 하는 사내의 얼굴은 미미하게 굳어 있었다. 학살이라는 것은 역시나 입에 담기 힘든 것이었다.

"점창파 쪽은 어떻던가?"

"점창파 본산은 별일 없었다고 들었습니다. 여강(麗江), 그것도 외곽의 옥룡설산기슭 외에는 화를 입은 곳은 없다더군요."

"그건 다행이군."

말은 그렇게 했지만 전혀 다행이라고 느껴지지 않았다. 안도감 대신 슬금슬금 올라오기 시작하는 두통을 무시하며 장삼은 생각을 정리했다.

'지금 운남성으로 내려가는 건 의미가 없지……'

의심의 여지없이 마인들의 습격은 운남성에 있다던 영지를 노린 짓이었을 터, 그중에서도 가장 가능성이 높던 여강 인근의 문파들만 화를 입었다는 것은 놈들의 목적이 달성되었음을 뜻했다.

조금은 여유가 있을 줄 알았건만. 동시에 움직일 줄이야. 아니 숭산과 태산을 한 번에 습격했던 전적이 있는 만큼 여러 곳을 동시에 칠 수 있을 수도 있다는 것 정도는 예상했어야 했다. 알았어도 무슨 소용이 있을까 싶지만.

"크흠."

강해진 두통에 관자놀이 부근을 손가락으로 두들기며 한숨과 함께 결정을 내렸다.

'본가로 돌아가면 일단 상황과 정보를 정리해야겠군.'

시간이 많이 없는 처지였지만 무작정 움직이는 것보다는 상황과 정보들을 정리하고 일정을 다시 짜야 할 것 같았다.

그리고 무엇보다 이미 한 번의 실수가 있었다.

다시 반복하지 않기 위해서라도 제대로 된 준비가 필요했
다.

"소식을 알려줘서 고맙네. 잊지 않고 주인어른께 이야기하
도록 하지."

겨우 생각을 정리한 장삼은 조금 늦은 인사를 건넸지만 사
내는 옅은 웃음을 띠며 손사래를 쳤다.

"그러실 필요 없습니다. 저희 아가씨를 위한 일이기도 하니
까요."

"그런가?"

"그렇습니다."

미묘한 문답과 웃음을 교환하는 것으로 인사를 대신한 사
내는 그대로 바깥으로 사라졌다.

홀로 남은 방 안에서 장삼은 잠시 마음을 다잡고는 완전히
식어버린 차를 단숨에 들이켰다.

단사천이 어렸을 때부터 곁에서 시위하다 보니 어느새 즐
겨 마시게 된 약차였다.

적당히 식은 찻물과 은은한 향기에 조금 속이 편안해진
것 같았다.

*　　　　*　　　　*

"건강해 보이셔서 다행입니다, 도련님."

"노대도 고생 많았어요."

그간의 마음고생과는 달리 단사천은 장삼을 아무렇지 않게 맞이했다.

무릎을 꿇고 용서를 빌어야 하나 하는 고민이 무색하게도 너무나 평이한 대답이었다.

"그런데… 어르신은 어디계십니까?"

"안쪽에서 기다리고 계십니다. 그럼 제가 다른 일행 분들을 상대하고 있을 테니, 먼저 들어가시지요."

감사의 말을 남기고 성큼성큼 큰 보폭으로 객잔 안쪽으로 사라진 단사천의 모습을 쫓던 장삼은 이내 문 근처에서 어색하게 떨어져 있던 점창파 무인들에게로 발길을 옮겼다.

"처음 뵙겠습니다. 도련님을 모시고 있는 장삼이라 합니다."

포권 대신 두 손을 모으고 고개를 숙인다. 강호 무림의 예법이 아니라 유교 명가의 예법이었다.

익숙하지 않은 인사에 일자배 제자들은 당황하고 있었다.

오직 무양자만이 아무렇지 않게 그 인사를 받았다.

"이미 알고 있겠지만 무양이라는 도호를 쓰고 있소. 제자 놈 뒷바라지라니, 그거 고생이 많았겠구먼."

무양자의 말에 장삼은 작게 웃었다. 말에서 느껴지는 미묘한 동질감 때문이었다.

"다른 가문의 자제들과 달리 특별하게 자라셨기에, 예, 조금 고생하고 있습니다. 그럼 일단 안으로 드시지요. 먼저 여장을 풀고 쉴 수 있는 방으로 안내해드리겠습니다."

점창파 일행들에게 주어진 방은 본채에서 떨어진 별채였다.

본채의 방은 이미 전부 다 차 있기도 하거니와, 현백기에 대한 것을 숨기기 위해서도 같은 건물을 이용하는 것은 피하는 편이 좋았다.

"식사는 지금 준비 중이니 잠시 기다리시면 됩니다.

그 외에 뭔가 필요한 것이 있으시다면 편히 말씀해 주시지요."

장삼의 말에 무양자는 마당 중앙에 놓인 탁자 위에 검과 봇짐을 올려두곤 뒤로 돌아 사질들에게 시선을 향했다.

"저희는 괜찮습니다."

"당장 필요한 것은 없는 것 같은데, 나중에 필요한 게 생기면 그때 말해도 괜찮겠나?"

"물론 괜찮습니다. 그리고… 잠시 시간을 내주실 수 있겠습니까? 말씀드릴 것이 있습니다."

"여기서는 안 되는가?"

장삼은 대답대신 고개를 숙였다. 아니 대답이라면 했다. 슬쩍 드러낸 기도, 주변의 공기가 조금 무거워진 것 같았다.

둔한 공기와 진지한 눈빛에 무양자는 고개를 끄덕였다.

"알겠네. 자리를 옮기도록 하지."

"감사합니다."

장삼은 처음과 마찬가지로 공손한 인사를 건네곤 먼저 걸어갔다. 무양자는 그 뒤를 따라 움직이기 전에 일자배 제자들을 돌아보았다.

"먼저 들어가 쉬고 있도록 해라."

"예. 알겠습니다."

대답을 듣기도 전에 이미 무양자는 몸을 돌려 장삼의 뒤를 따라 걸었다.

이윽고 장삼과 무양자의 모습이 별채 담장 너머로 사라지자 일도의 입이 열렸다.

"꽤나 험악한 기도였군."

일도는 혀를 내두르며 일성을 바라봤다.

동렬의 사형제 중에서 누구보다 뛰어난 기감을 지닌 일성이다. 그가 느낀 것 이상을 느꼈을 일성의 감상을 듣고 싶었다.

"현기는 얕고, 투기가 짙고 사나웠지, 사마(邪魔)는 아니고, 흑도의 것에 가까웠는데… 아니 예법이 딱딱한 걸 보면 군문

출신일지도 모르겠지만 딱히 떠오르는 이름은 없군. 자네 생각은 어떤가?"

"마찬가지일세. 뭔가 특정하기가 힘들어. 어쩌면 전대의 고인일지도 모르지."

"그런가."

일도는 다시금 장삼의 기척과 행색을 되새기며 그가 들은 풍문과 대조했다. 나이, 용모, 기도. 한동안 생각을 이어갔지만 딱 맞는 이름은 없었다.

나름 견문이 넓다 자부하고 있었건만 역시나 전대의 인물까지 머리에 넣고 다닐 수는 없었다.

"생각은 나중에 하고, 우리도 방에 들어가지. 계속 짐을 들고 있을 수는 없지 않나."

"아, 그렇지."

이미 일양과 일향은 제각각의 방을 골라 사라졌다. 마당에 우두커니 서 있던 일도는 일성의 말에 짐을 들고 적당한 방을 골랐다.

도중에 탁자 위에 남은 무양자의 짐과 검을 바라봤지만, 사문의 존장의 검을 함부로 만지는 건 예의에 어긋나는 일이었다.

"가장 큰 방은 무양자 사백을 위해 남겨두어야 하니… 남은 건 이 방인가."

이미 방을 확인하고 있는 일성에 일도도 곧 짐을 챙겨 일어났다. 두 사람마저 떠나고 난 자리에는 무양자의 짐만이 덩그러니 남았다.

무양자는 자신의 앞을 걸어가는 장년인을 바라봤다. 얼굴의 주름과 흰색이 섞인 거친 수염과 머리칼, 눈의 깊이는 그의 나이가 생각 이상이라는 것을 알려주고 있었다. 하지만 또 나이를 짐작하지 못하게 하는 장대한 기골과 가득 들어찬 근육이 공존하고 있었다.

더불어 저 강렬하지만 투박한 기도는 전형적인 속가의 무인이었다.

관찰을 계속하며 걷다 보니 어느새 장삼의 발이 멈췄다. 본채 뒤의 후원. 슬슬 어둠이 내리기 시작해 적막함이 한층 더 진하게 느껴지는 장소였다.

"이만큼 왔으면 충분할 것 같군요."

눈으로 주변을 확인하고 기감을 끌어올려도 감지되는 것은 없었다.

무슨 이야기를 하려는가에 대한 궁금함이 일었지만 그보다 신경 쓰이는 것이 하나 있었다.

결국 무양자는 입을 열어 그것을 물었다.

"그런데 이야기를 시작하기 전에 혹시 오룡독객(烏龍獨客)

맞나?"

"…예, 그렇습니다. 이것 참 오랜만에 듣는군요. 이제는 들을 일이 없으리라 생각했습니다만."

예상하지 못한 질문을 받은 장삼은 오랜만에 듣는 별호에 머쓱히 뒷목을 긁었다.

민망한 웃음을 흘리니 은연중에 무겁게 가라앉던 분위기도 조금 가벼워졌다.

"듣던 것과는 꽤나 다르군."

오룡독객, 이제는 그 네 글자를 기억하는 사람이 드물지만 원명교체기의 한창 천하가 소란스럽던 시절에는 꽤나 유명했던 이름이다.

독객(獨客)이라는 이름에 걸맞게 늘 홀로 천하를 떠돌며 지닌바 무공은 십대문의 장로급이나 성격이 괄괄하고 괴팍하여 정(正)보다는 사(邪)에 가깝다던 무인이다.

가는 곳마다 시비가 끊이지 않았고 무림인이건 관인이건 시비가 붙으면 피하지 않는 다혈질이기도 했다.

"뭐, 사십 년이나 더 지난 옛일이니까요. 애초에 이렇게 강호에 다시 나온 것도 근 이십 년만입니다."

하지만 사십 년이라는 시간은 그 오룡독객을 예절을 중시하는 장년의 노인으로 바꿔놓았다.

"그렇게나 되었던가? 그럼 그럴 수도 있겠군."

"그런 거지요. 그리고 사십 년 전에는 양왕부 병사 수백을 베어 넘기면서 검귀 소리를 들으셨던 진인께서도 이렇게 변하시지 않았습니까."

"클클, 그도 그렇구먼."

장삼의 말에 무양자는 바람 빠지는 웃음으로 답했다. 사실을 말하자면 오룡독객의 악명보다는 점창검귀의 악명이 한수 위이기도 했다.

"이 이야기는 여기까지 하기로 하고, 그래서 무슨 이야기를 하려고 여기까지 온 겐가? 무슨 대단한 이야기를 하려고."

무양자가 본래의 목적으로 주의를 되돌렸다. 아무래도 좋을 궁금증 하나를 해결했으니 본래의 목적으로 돌아갈 시간이었다.

"저 아이들은 들으면 안 되는 이야기인가?"

반 박자 늦게 자세를 가다듬은 장삼이 답했다.

"그렇지는 않습니다. 단지 조금 충격적일 수 있기에 먼저 어르신께 전해야 한다고 생각했을 뿐입니다."

"무슨 소리인지 모르겠군. 그래서 무슨 일인가, 대체?"

장삼은 별다른 설명 없이 품에서 서찰을 꺼냈다. 방금 전까지 그가 읽고 있던 운남에서 일어난 일이 쓰인 바로 그 서찰이었다.

"읽어보시지요."

무양자는 의아해하며 장삼에게서 서찰을 받아 펼쳐들었다.

의아함은 곧 경악이 되고 분노가 됐다. 길지 않은 서찰의 내용이었지만 그는 상당히 오랫동안 서찰의 글자들을 노려보고 있었다.

반 다경 정도 시간이 흐르고 무양자가 고개를 들었다. 칙칙하게 가라앉은 두 눈동자에는 채 숨기지 못한 노기가 서려 있었다.

"…쓰여 있는 내용은 확실한 건가?"

"내용의 신뢰성은 보장할 수 있습니다."

평정심을 뚫고 새어나온 화를 다스리기 위해 평소보다 깊게 숨을 내쉰 무양자는 천천히 말을 이어갔다.

"후우우우…. 산 위 개방도들은 아무 말… 아니, 뭔가 방법이 있었겠지. 이런 걸로 장난칠 곳도 아니고, 그러면 혹시 점창파 상황은 어떤지 알 수 있겠나?"

속가제자들의 피해에도 신경이 쓰이지만, 이만한 혈겁이라면 본산도 걱정이었다.

화산파의 경우에 비추어 보건데 적어도 자신과 비슷한 급의 고수가 몇 있지 않는 이상 심대한 피해도 각오해야 할 정도로 마인들은 사납고 강했다.

장삼의 대답을 재촉하지 않고 천천히 말을 이어간 것은 무양자가 한계까지 인내심을 짜낸 결과였다.

"점창파에는 마인들의 손이 닿지 않았다고 들었습니다.

피해는 여강 외곽, 옥룡설산 부근에서만 한정되었다고 합니다."

그 대신 그곳에 있던 수백, 어쩌면 천 명에 달하는 사람들이 학살당했다는 사실은 말하지 않았다. 굳이 말할 필요 없는 사실이었다.

"그건, 다행이군."

씹듯 말을 내뱉은 무양자는 서찰을 거칠게 구겨 쥐고 있었지만 손에 들어가고 있는 힘을 의식하지 못하는 듯했다.

그 모습에 장삼은 쓴웃음을 지었지만 곧 표정을 굳히고 무양자의 시선을 마주했다.

"이제 어쩌시겠습니까?"

"무슨 말인가?"

손에 힘을 풀고 형편없이 구겨진 서찰에 혀를 찬 무양자는 장삼의 질문에 반문했다.

"점창산으로 돌아가시겠다면 말을 수배하겠습니다."

"이제와 돌아가 무엇하겠나. 어차피 흉수가 그곳에 계속 있을 리도 없는데, 그보다."

서찰을 적당히 구겨 품속에 집어넣은 무양자는 장삼을 향해 이빨을 드러내며 으르렁 거리듯 말을 이었다.

"이대로 제자 녀석을 따라다니면 놈들과 만날 수 있을 테니, 이쪽에 남는 편이 낫지. 자네도 이쪽을 원하고 있을 테고."

그렇지 않나? 하고 덧붙인 무양자의 웃음은 흉신(凶神)의 것을 닮아 있었다. 장삼은 그 살기 없는 흉소(凶笑)에 잠시 주춤했지만 곧 입을 열었다.

"…예, 그렇습니다. 도련님께서 처한 상황이 조금 복잡한 터라. 그 해결 과정에서 마인들과 얽혀들었습니다. 그래서 진인의 힘을 빌리려 이리 초대한 것이기도 합니다. 죄송합니다."

"죄송할 게 무에라고. 제자 놈이 위험하면 당연히 도와줘야지. 그래서, 용건은 이게 끝인가? 뭔가 다른 거라도 있는가?"

"아니오, 전해드릴 것은 그것이 전부입니다."

"그런가. 그럼, 나도 이만 가보겠네. 앞으로 잘 부탁함세."

무양자는 그대로 돌아섰다. 정자로 올 때와 같은 속도로 후원을 가로질러 걸음걸이였지만, 은연중 흩뿌리는 기운은 도문(道門)의 장로라 생각하기 힘들 정도로 짙은 감정을 담고 있었다.

무양자의 신형이 별채 담장 너머로 사라지고도 장삼은 한참이나 장삼이 서 있던 자리를 내려다보며 생각에 잠겼다.

'…원하던 결과대로, 이기는 하지만.'

장삼은 눈을 감고 생각에 집중했다.

처음부터 무양자를 단가로 초대한 것은 단사천의 보호와 마인들의 견제였다.

점창제일의 고수인 무양자가 곁에 있다면 이름값만으로도 잔챙이들은 얼씬거리지도 않을 것이고, 어지간한 상황이라면 단사천의 안전은 보장받을 수 있으리라는 계산이었다.

하지만 이런 상황에서까지, 무양자를 잡아둘 수 있는 이유는 아니었다. 원래대로라면 이대로 무양자는 일자배 제자들과 함께 점창파로 복귀하는 게 맞다.

무양자가 아무리 고수라고 해도, 겨우 다섯, 그나마도 넷은 경험도 일천한 일자배의 후기지수다. 그런 그들을 이끌고 다니기보다는 한 번 되돌아가 정보를 모으고 확실한 전력을 갖춰 나서는 것이 옳았다.

'진인께서는 이쪽의 의도를 읽고 있다. 그건 확실해, 도련님이 유일한 제자라는 것과 마인들을 상대하기 위해 일부러 이쪽의 의도에 어울리고 있을 뿐.'

그럼에도 무양자가 산으로 되돌아가지 않은 것은 제자인 단사천의 안위와 마인들을 향한 적의 때문이었다.

둘 중 하나라도 부족했다면 이뤄지지 않았을 결정이기도 했다.

'진인의 성격상 그리 크게 신경 쓰고 계시지는 않겠지만…

본가에 돌아가면 어르신께 이야기해서 후원금이라도 늘려두는 편이 낫겠지.'

무양자는 아니더라도, 일자배의 제자들이나 점창파의 중진들은 신경을 쓸 것이 분명했다.

관계의 악화는 원치 않으니 무언가 더 내주어야 하는 것은 당연지사였다.

생각의 정리를 마친 장삼은 눈을 떴다.

시간은 얼마 지나지 않았지만, 노을은 벌써 저버려, 사위는 어둠과 벌레 우는 소리만이 가득했다.

*   *   *

방 안에는 현백기와 서이령이 기다리고 있었다. 단사천은 곧장 현백기에게 다가가며 말했다.

"대체 저 혼자 남겨두고 어디 가셨던 겁니까. 뭐 말이라도 하고 가셔야……."

"시끄럽고, 거기 앉아봐라. 할 이야기가 있으니까."

단사천은 현백기를 다시 만나면 이것저것 따져 물을 생각이었지만 그 한마디에, 그대로 자리에 앉았다. 묘한 압력이었다.

단사천이 자리에 앉자, 그 옆을 뒤따라온 무설과 단목혜가 자연스럽게 채웠다. 맞은편에 앉은 서이령은 둘과 잠시 시선 교환을 했지만 현백기는 오직 단사천만을 계속 노려보며 말을 이었다.

"좋은 소식과 나쁜 소식이 각각 하나씩 있다."

"예? 갑자기 무슨⋯⋯."

단사천이 당황해 뭐라 말하려 했지만 현백기는 꼬리를 거칠게 흔들며 반응을 무시하고 계속 말을 이어갔다.

"먼저 좋은 소식부터 말하마. 일단, 네 녀석이 싸웠던 납탑파군의 내단은 내가 가지고 있다는 거다. 화산 도사 놈들이 가져가기 전에 내가 슬쩍해 왔지. 이게 좋은 소식이다. 영지가 오염돼서 영기 흡수를 못했을 네놈의 여의주를 완성시킬 중요한 조각이지. 아마 이 안에 있는 금기라면 충분하고 남을 거다."

현백기는 그렇게 말하며 새하얀 털 속에서 내단을 꺼내들었다.

현백기의 앞발 위에 있는 것은 황흑(黃黑)의 보주는 둔중한 황금빛과 칙칙한 묵색의 빛이 뒤섞여 범의 무늬처럼 보였다.

"⋯그럼 나쁜 소식은 뭡니까?"

현백기는 내단을 몇 번 위로 던지고 받더니 그것을 단사천에게 던졌다. 속도는 빠르지 않았고 대단한 무리(武理)나 내공을 담은 것도 아니었다. 그저 가볍게 던져주는 행동.

당연히 단사천은 가볍게 내단을 받아들었다. 하지만 내단을 받아든 순간, 단사천의 얼굴이 일그러졌다.

"읏!"

받아든 오른손에서 느껴지는 날카로운 통증에 절로 신음이 나왔다. 당황은 그걸로 끝이 아니었다.

쥐고 있는 손바닥을 파고드는 강렬한 마기는 의지를 지니고 있는 것처럼 매섭게 호체보신결의 진기로 만들어진 방벽을 두드렸다.

"왕야, 이게 대체 무슨 상황입니까?"

내단에서 느껴지는 기운은 지금 단사천이 운용할 수 있는 수준의 진기로도 억누를 수 있는 수준이지만 그 안에 서린 난폭한 살기는 정상적인 것이 아니었다.

"네 녀석도 알다시피, 그때 파군의 상태는 정상이 아니었다. 아마 그 여파겠지. 그 미친놈들이 무슨 짓을 했는지는 모르겠지만, 나로서는 그걸 어떻게 할 방법이 없다. 문제는 이 내단이 사실상 네놈이 금기(金氣)를 흡수할 수 있는 유일한 방법이란 거다. 이게 나쁜 소식이다."

현백기는 말하는 것과 동시에 가볍게 뛰어올라 단사천의 손에서 내단을 다시 낚아채 갔다. 손에서 느껴지는 기분 나쁜 통증은 사라졌지만 허공에 남은 마기의 흔적은 현백의 말과 합쳐져 단사천의 머리에 두통을 선사했다.

'그거 잠깐 닿았다고 아직도 따끔거리다니. 영물이라기보다는 독물(毒物)에 더 가깝겠네.'

손을 몇 번 쥐었다 폈다 하며 감각을 확인한 단사천은 솜뭉치 같은 새하얗고 부드러워 보이는 꼬리털 속으로 내단을 집어넣는 현백기를 보며 입을 열었다.

"전혀 방법이 없는 겁니까?"

차분하고 담담한 어투였다. 말에 당황이 전혀 담기지 않은 것은 아니었지만 보신결의 진기가 심중의 경동(驚動)을 짓눌러 안정시킨 것이었다.

현백기는 생각이상으로 차분한 기색의 단사천을 잠시 바라보다 답했다.

"네가 백 년 정도 천천히 도를 닦으면서 마기를 걷어 내는 방법이 있기는 하다만 전혀 현실적인 방법은 아니지. 지금은 저걸 어떻게 할 수 있는 방법이 없다."

백 년이나 버틸 수 있을지 알 수 없다.

가끔씩 발작적으로 날뛰는 영기는 지금도 간신히 목줄을 묶어 두는 것이 한계였다. 단사천은 고개를 끄덕이곤 조심스레 입을 열었다.

"지금은… 이라면 혹시."

현백기는 짧은 앞발로 팔짱을 끼며 말했다.

"내가 모른다고 불가능한 일이라는 말은 아닐 테니 말이다. 나는 너희보다는 많이 알지만, 모든 걸 아는 건 아니다. 어쩌면 내가 모르는 무슨 방법이 있을지도 모르지."

분명히 그렇기는 했다. 그는 보통 인간보다 오래 살며 무수한 것을 보고 들어왔지만 그렇다고 전지를 지닌 존재인 것은 아니었으니까.

일말의 가능성을 확인하려는 듯, 바로 뒤이어 말을 받은 것은 서이령이었다.

"일단은 의선문에 들를 생각입니다. 저희 할아버님이라면 무언가 방도가 있을지도 모를 일이기도 하고, 본가에 있을 의서들 중에도 쓸 만한 것이 있을지도 모릅니다. 천심단은 할아버님의 작품이지만, 내단과 영단은 늘 연구 대상이었으니 분명 무언가 자료가 있을 겁니다."

"저희도 일단 연단가나 의원들을 찾아보기로 했어요.

의선 어르신만은 못하겠지만 단목 소저 가문이나 저희 패천방의 인맥을 뒤져보다 보면 뭔가 걸릴 가능성도 있으니까요."

"일단 오라버니가 위에 계시는 동안 저희끼리는 이렇게 정해뒀어요. 관 대주나 장 노대도 일단 그렇게 알고 사람들을 부리고 있기는 한데, 뭔가 걸리는 부분이 있다면 말씀해 주세요."

차례차례 쌓이는 세 여인의 말에 단사천은 잠시 생각을 정리하고는 고개를 끄덕였다.

"여러분이 생각한 것이니 믿을 만한 것일 거라 생각합니다. 그럼 언제 출발하는 겁니까?"

단사천의 물음에 현백기가 크게 하품을 하며 답했다.

"내일 당장."

七．해법

푸르륵.

이른 아침부터 객잔은 소란스럽고 분주했다. 마차를 준비하고 말을 준비한다. 수십 명의 사람과 수십 필의 말이 만들어 내는 소음은 아직은 어슴푸레한 겨울 아침을 두들겨 깨우기 충분했다.

"식료랑 의약품 전부 적재 끝났습니다."

"알겠네. 그럼 도련님, 마차에 오르시죠."

장삼의 안내에 따라 마차에 오르니, 안에는 무양자를 비롯한 점창과 제자 셋이 이미 앉아 있었다.

점창파 일행 중에서 홍일점이었던 일향은 서이령, 무설, 단목혜가 탄 마차에 함께하고 있었다.

"출발하겠습니다."

두두두두.

빠른 속도는 아니었지만 수십 필의 말이 일제히 내달리니 발굽 소리가 꽤나 우렁찼다.

"각 조 거리 유지한다!"

"앞에 너무 빨리 몰지 마! 대열이랑 간격 유지하면서 움직여!"

바깥은 한창 대열을 정비하느라 고함에 가까운 명령들이 시끄럽게 이어지고 있었지만 마차 안은 상당히 조용했다. 아니 조용하다기보다는 무겁게 경직되어 있었다.

무양자는 눈을 감고 자는 듯, 가만히 마차 벽면에 몸을 기대고 있었고 일도는 책을 읽고 있었으며 일양은 언짢은 얼굴로 창밖을 바라보고 있었다.

경직된 분위기를 풀어낼 수 있을 만한 재주를 지닌 것은 일성뿐이었지만 일성의 얼굴도 한껏 굳어 있었다.

그럴 수밖에 없었다.

그들도 무양자에게서 여강 인근의 점창파 속가 문파들의 멸문을 전해 들었다.

그중에는 강호행 도중 안면을 튼 사람도 있었고 교우를 나눈 사람도 있었다.

그 죽음을 전해 듣고 멀쩡히 있을 수 없는 것이 당연했다.

단사천은 명상도 하기 힘들 정도로 무겁게 짓눌리는 분위기에 마차 밖으로 시선을 돌렸다.

마차 밖의 풍경은 서안 시내 모습에서 곧 논밭과 산천으로 변해갔다. 그나마도 휙휙 스쳐지나가 멀어져 갔다.

얼마 지나지 않아서 대열이 갖춰진 듯 마차 바깥에서도 말소리가 들리지 않게 되었다. 결국 마차 안은 삐걱 거리는 소음과 가끔씩 돌을 밟고 튀어 오르는 진동 정도가 전부인 공간으로 변했고 공기는 더욱더 무거워졌다.

"답답하군."

한 시진을 채 못 채우고, 일성이 그렇게 말했다.

특별할 것도 없는 주변 경관에 흥미를 잃은 일성은 가장 먼저 마차에서 몸을 일으켰다.

다섯 사람이 앉고도 자리가 넉넉하게 남는 커다란 마차였지만 역시 허리를 쭉 피고 설 수 있을 정도로 높지는 않았기에 키가 상당히 큰 일성은 엉거주춤한 자세로 허리를 굽힐 수밖에 없었다.

"사백. 답답해서 안 되겠습니다. 전 잠깐만 나가 있겠습니다."

"그래라."

단순히 눈을 감고 있었던 것인지 무양자는 일성의 말에 곧바로 답했다.

마차의 한쪽 문이 열리고 바깥의 찬 공기가 혹 들어오자 일양도 자리에서 일어났다.

"저도 잠시 나가 있겠습니다."

"음."

고개를 끄덕이는 무양자를 확인하자 일양은 일성의 뒤를 따라 마차 밖으로 몸을 날렸다.

결코 느리지 않은 속도로 움직이는 마차였지만, 허공을 한 바퀴 휘돌고 내려서는 일양과 일성의 경신법은 자연스럽기 그지없었다.

그리고 얼마간의 시간이 지나 창으로 비쳐 들어오던 햇빛이 약해질 즈음, 일도가 한참이나 보고 있던 경전을 덮고 머리를 식히겠다며 바깥으로 나가는 것으로 마차 안에는 무양자와 단사천만이 남았다.

무양자는 단사천과 단둘이 남은 순간을 기다리고 있었는지 일도가 밖으로 나가며 마차의 문이 닫는 것과 동시에 눈을 떴다.

가만히 명상 중인 단사천을 살피던 무양자는 입을 열었다.

"그런데 제자야."

나지막한 목소리에 단사천이 곧바로 반응했다.

"왜 부르십니까."

"별건 아니고, 궁금한 게 생겨서 그런다. 내가 하나만 물으마."

무양자는 방금 전까지 굳게 감고 있던 두 눈으로 단사천을 무심히 응시했다. 깊은 권태 속에 옅은 흥미와 호기심이 서려 있는 눈빛이었다.

"말씀하시죠."

무양자는 손가락으로 마차 뒤편을 가리키며 물었다.

"앞쪽에 여자아이들이 타던 마차에 있던 너구리는 뭐하는 영물이냐? 무슨 비상식량, 아니 비상식량이라기보다는 네 녀석이니… 무슨 상비약 같은 거냐?"

"너구리… 라뇨?"

"티 나는 연기 할 필요는 없다. 뭐 정 대답 못할 일이라면 하지 않아도 좋다. 어차피 너나 다른 녀석들에게 해가 되는 일은 아닌 것 같으니까."

수염을 쓰다듬으며 말한 무양자는 정말로 아무래도 좋다는 듯 어깨를 으쓱거렸다.

스승과 제자라는 관계는 부자와 군신의 관계에 비유한다지만 서로 사는 세계와 소속된 공간에는 작지 않은 차이가 있었다.

무양자가 점창파 본산의 비밀을 단사천에게 말하지 않는

것처럼 단사천에게도 무양자에게 말할 수 없는 집안의 비밀 정도 얼마든지 있을 수 있는 일이었다.

"하아… 죄송합니다. 제가 말을 하게 되면 좀 복잡해질 일인지라."

"그러면 됐다."

무양자는 시원스레 답하고는 다시 눈을 감았다. 물어본 이유도 기껏해야 며칠 여행 사이의 소소한 이야깃거리라도 될까 싶어 물어본 것에 지나지 않았다.

"그런데 어떻게 아신 겁니까?"

단사천은 사부의 배려를 받아들여 고개를 숙였다. 다시 고개를 들었을 때는 궁금함이 담긴 말을 내뱉었다.

무양자는 그 질문에 당연함을 담아 답했다.

"그 정도로 기운을 흩뿌리고 있는데 모를 것 같더냐?"

"설마, 그럴 리가요?"

단사천은 놀라서 반문했다.

현백기가 지닌 기의 제어 능력은 상당한 수준을 넘어선 것이다.

단사천이 처음 현백기와 만났을 때도 몇 보 되지 않는 거리에 있는 현백기의 정체도 제대로 알지 못하지 않았던가.

두 발로 서서 말하는 것을 보지 못했다면 단순히 털색 좋은 너구리라고밖에 생각할 수 없는 은폐 능력이었다.

"살수나 도둑놈들이라면 그것보다 훨씬 더 은밀하다. 저 정도도 못 알아차리는 건, 너나 다른 놈들의 수행이 모자란 게지."

무양자의 단언에 단사천이 새삼스레 고개를 끄덕였다.

점창제일검, 점창검귀, 그리고 천하오검수.

그의 사부를 부르는 여러 별호의 무게가 마음에 와 닿았다.

잠시 대화가 끊기자 마차는 조용해졌다. 다만 이전보다는 공기가 확실히 가벼워져 있었기에 덜걱거리는 마차의 소음과 진동 속에서 단사천은 변함없는 바깥 풍경으로 눈을 돌리기보다 입을 여는 편을 택했다.

"그런데 사부님."

"뭐냐."

한쪽 눈만을 치켜뜬 무양자의 대답에 단사천은 당장 물어보아야 하는 것을 하나, 떠올렸다.

큰일이 몇 가지 겹치다 보니 잠시 기억에서 사라졌던 것이지만, 어떻게 본다면 당장 눈앞에 닥친 가장 큰 위험일 수도 있는 것이었다.

"무광백련검기 말입니다."

파군과의 싸움에서 무엇보다 큰 역할을 한 것이지만, 동시에 그 직후 기절할 정도로 막대한 내상의 원인이 된 기공에 대한 질문이었다.

그 압도적인 속도와 파괴력은 분명 엄청난 것이지만, 그 대가로 무광검기는 사용자의 신체에 막대한 부하를 가한다.

영기에 의한 신체 강화와 호체보신결의 완성을 넘보는 성취로도 완전히 완화할 수 없는 거대한 부하.

보통이라면 그대로 혈맥이 찢어져 죽어도 이상할 것 없는 괴공이었다.

"무슨 생각으로 만드신 겁니까, 그거."

그날의 고통과 상처를 떠올린 단사천은 얼굴을 찡그리며 무양자에게 따져 물었다.

그건 정파를 대표하는 문파 중 하나인 점창파에서 나와도 괜찮은 무공이 아니었다.

주천을 할 때마다 내상을 각오하고, 전력으로 사용하면 죽음도 생각하지 않으면 안 된다니, 어지간한 마공들도 비교할수 없는 엄청난 부작용이 아닌가.

"그 말을 하는 걸 보니, 써본 모양이구나. 수련 중… 이었다면 이 정도는 아니었을 테니 설마 그걸 벌써 실전에서 쓴 게냐?"

"예, 쓰고 죽는 줄 알았습니다."

이를 갈며 씹듯 대답했다. 시간이 지나서 생각해 봐도 좋은 쪽으로 생각의 방향이 돌아가질 않았다. 화를 그대로 드러내는 제자의 모습에 무양자는 숨죽인 웃음을 흘리더니 팔짱을 풀고 상체를 앞으로 숙이며 입을 열었다.

"큭큭, 참 빨리도 썼구나. 비급을 내어주고 한 달도 못 되어서라니, 원래는 백련결로 한 오 년 정도는 느긋하게 혈도를 단련한 뒤에나 시작하는 것인데 말이야."

"사부……!"

어느새 존칭이 사라지고 슬슬 원망이 담기기 시작한 눈빛에 무양자는 손사래를 치며 마지못해 웃음을 지웠다.

"아니 네 녀석 성격상, 초식이나 구결 하나 알려준다고 바로 쓸 놈이 아니라는 건 너도 알고 있지 않느냐. 비급을 읽었으면 한눈에 위험한 무공이라는 것 정도는 파악하고 있었을 테니 조심에 또 조심할 거라고 생각했다. 그리고 네 호체보신결의 성취도 있고 해서 사용한다고 해도 무슨 큰일이야 벌어지지 않을 거라는 계산도 있었지. 헌데… 아주 사부를 한 대 때릴 기세구나."

결국 마지막에 가서는 웃음을 되찾은 무양자였지만 단사천은 눈에 떠오른 감정들을 지울 수밖에 없었다. 실제로 무양자의 말대로였기 때문이다.

"그런데 말이다."

무양자는 이 이야기를 계속하기보다는 다른 화제로 넘어가기 위해 입을 열었다.

"왜 그러십니까."

그래도 완전히 감정을 지우지 못했는지 단사천의 말에는 퉁명스러움이 남아 있었다.

무양자는 그 잔재를 무시하며 계속 말을 이어갔다.

"누구랑 싸웠기에 무광검기까지 꺼내 썼던 거냐? 무음까지 가능한 네 녀석이니, 어지간한 놈들로는 꺼낼 필요도 못 느꼈을 텐데 말이다."

무양자의 말에는 꽤나 짙은 호기심이 담겨 있었다. 나이에 어울리지 않게 반짝거리는 두 눈으로 바라보는 사부를 보며 단사천은 난처하게 웃었다.

화산 장문인과 나눈 약속이 있으니 말할 수도 없었고 연기나 거짓으로 둘러댄다 해도 무양자는 바로 알아차릴 터였다. 그 나이와 경험은 허투루 쌓은 것이 아니니까. 어찌해야 하나 고민하고 있는 동안에도 무양자는 말을 계속해서 이어가고 있었다.

"아니 애초에 왜 화산에 올라온 거냐? 이제 와서 협의지심을 깨달았다거나 하는 소리는 말거라. 네 성격을 모르는 것도 아니니까. 길가다 녹림도 하나 잡는 것도 아니고, 일부러 산에 오를 놈이 아니잖느냐."

가늘게 뜬 눈으로 단사천의 눈동자를 살피던 무양자는 뭔가 깨달은 듯 눈을 크게 뜨곤 한쪽 입꼬리를 말아 올렸다.

"혹시 그거냐? 화산판에서 잡았다던 마물 호랑이?"

생각 이상으로 정확한 추측에 단사천의 얼굴이 그대로 굳었다.

"그래 그거라면 대충 이해가 되는 구나. 마물이라고 해도 그만큼 묵은 놈의 내단이라면 탐이 날 만도 하지, 네 녀석이니까 무공 증진 따위보다는 내상 치료 쪽이겠다만. 아무튼, 어쩐지 그 호랑이 얼굴에 새겨진 검흔의 버릇이 눈에 익다 싶었는데, 네 솜씨였구나."

'뭐라고 해도 안 들리시겠네.'

무양자의 어투는 추측에서 확신으로 완전히 넘어간 상태였다.

뭐라 말한들, 무양자의 확신이 바뀔 것 같지는 않았다. 그리고 그 추측은 그리 틀리지도 않았다.

남은 것은 얌전히 인정할 것인지, 아니면 비밀 엄수의 약속을 지키기 위해서라도 마지막까지 발뺌이라도 할 건지 양자택일의 순간이었다.

"그런데 그 대호는 분명히 화산파에서 잡았다고 했단 말이지. 아니, 그렇게밖에 말할 수 없겠군. 추영장이 죽었고 매화검수도 몇 명이나 죽었는데 그런 괴물을 잡은 건 정작 점창파 속가제자라니 말도 안 될 일이지."

거기까지 말한 무양자는 새삼스러운 눈으로 자신의 제자

를 돌아봤다.

여러 감정이 스치고 지나갔지만 마지막으로 무양자의 얼굴에 떠오른 것은 웃음이었다.

"뭐 되었다. 이야기하고 싶지 않다면 묻지 않으마. 어차피 캐물어봐야 골치만 아파질 일이겠지?"

"예……."

"거 참. 하산하고 일 년도 못 되어서 아주 별의별 일을 다 겪는구나. 네 꿈은 참 별것도 아니건만 참으로 난망(難望)이야. 큭큭."

그 말에 단사천은 깊은 한숨을 내쉬고는 웃었다.

체념에 가까운, 어설픈 웃음이었지만 대답을 대신하는 웃음에 무양자도 소리 죽여 웃었다.

때마침 마차의 문을 열고 되돌아온 일성만이 미묘하게 변한 공기에 의아한 표정을 지어보였지만 그뿐이었다.

*   *   *

여정은 지체 없이 이어졌다. 중간에 잠시 지체된 것은 위수에 도착해 배를 타고 강을 거슬러 올라갈 때 정도였다.

말과 마차가 함께 탈 수 있는 큰 배를 타고 위수를 건너 조가촌에 내리고 난 뒤는 가도를 따라 내리 달리기만 했다.

한창 마인들로 인해 시끄러워진 시국 탓인지 도중에 몇 차례나 있던 관아의 검문도 용위단이 내미는 단가의 이름 앞에 일말의 막힘없이 지나쳐갔다. 그야말로 거칠 것이 없었다.

임분을 거치고 태원을 지나고 나니, 화산을 떠나고 닷새 만에 항산자락 끄트머리, 청류현에 닿을 수 있었다.

그렇게 청류현에 들어서고 나서 일행은 상당히 줄어들었다.

먼저 무양자가 피해 복구로 한창 바쁜 와중인 의선문에 찾아가는 것은 오히려 방해라며 점창파 제자들과 함께 객잔에 남았고 관일문을 비롯한 용위단원 대부분과 무설의 호위, 은월조 무사들도 객잔에 남았다.

결국 의선문에 직접 가게된 것은 단사천과 무설, 서이령, 단목혜 그리고 의선문 호위무사들 열한 명이 전부였다.

열다섯, 결코 적지 않은 숫자였고 그들이 가는 길목에는 무수한 사람들이 오가고 있었지만 발이 멈추는 일은 없었다.

의선문의 무복을 알아본 사람들이 먼저 길을 비키고 선 까닭이었다. 그 덕에, 현 외곽에서부터 걸었음에도 얼마 걸리지 않아 약방 거리의 초입이 눈에 들어왔다.

"오랜만에 돌아오는군요."

서이령이 말했다. 약간 떨리는 목소리가 그 안에 담긴 감정을 느끼게 했다.

"이 약재 냄새도 오랜만입니다."

서이령은 팔을 벌리고 숨을 크게 들이마셨다.

아직 약방 거리 중심에는 들어서지도 않았건만 시장 초입에서부터 약재의 향기가 사방에서 풍겼다.

의선문이 자리한 마을답게 약방은 아니라도 의약에 관련된 물건들이 곳곳에 널려 있었다.

그리고 걸음마다 진해지는 온갖 약재의 냄새.

서이령에게는 고향의 냄새였지만 다른 누군가에게는 다른 감정을 불러일으키는 냄새였다.

바로 그 다른 누군가인 단사천은 입맛을 다시며 사방에 펼쳐진 좌판을 눈으로 훑었다.

'저기 하수오랑 당귀는 괜찮을 것 같은데… 숙지황은 조금 상태가 별로네, 구엽초도 크기는 큰데 향기가 별로고 약효도 기대하기 힘들겠군.'

지난번, 이 거리를 지날 때는 그야말로 내키는 대로 사고 또 샀다. 그렇지만 지금은 이렇게 눈으로만 바라봐야 하는 상황. 돈이 없는 것도, 마차에 여유 공간이 없는 것도 아니었지만 먹을 수도, 살 수도 없었다.

'아… 그러고 보니 하수오 하나도 제대로 못 씹은 지 반년이 넘었구나.'

그전에는 심심하면 씹던 인삼조차도 의선문 사건 이후로

제대로 마음 놓고 씹은 적이 없었다.

용법, 용량을 정확히 지키는 서이령의 처방에 불만은 없었다. 전부 건강을 위한 행동이었으니… 하지만 평소 습관처럼 먹고 또 마셔온 무수한 보약들을 입에 댈 수도 없다는 것이 금단증상을 일으키고 있었다.

매일같이 술을 몇 동이나 마시던 사람에게 갑자기 한두 잔으로 참으라 하는 것과 다를 바 없었다.

계속 눈에 밟히는 약재들을 보고 있으니 가슴이 먹먹하고 손발이 저려온다.

숨이 차오르고 눈도 뻑뻑한 것이 충혈된 것이 아닌가 싶었다.

어느 순간 자신도 모르는 사이 방향이 어긋나고 대로변 좌판으로 조금씩 가까워졌다.

"뭐 사시게?"

비틀비틀, 힘이 빠진 걸음걸이. 그 눈에 쫓는 것이 마약이나 술이 아니라 질 좋은 약재라는 점에서 정상참작의 여지가 있었지만 적어도 그 모습만으로는 변질자를 의심케 하는 모습이었다.

조금 위험한 모양새로 다가온 단사천이지만 그 모습을 보고도 장사치의 얼굴에 실린 웃음은 사라지지 않았다. 그야말로 장사꾼의 귀감이었다.

"자 맛이나 좀 보쇼. 상태가 좋아. 바로 어제 들어온 거라 신선하고 향도 끝내주지."

장사꾼이 들이민 말린 약재의 향기가 단사천의 코끝을 간질였다. 장사꾼의 말이 거짓은 아닌 듯, 냄새만으로도 상품(上品)이라는 것을 알 수 있을 정도로 진한 향기였다.

'맛만 보는 정도는 괜찮지 않을까……?'

간신히 참고 있던 단사천의 인내가 끊어지는 순간. 짧은 한숨소리와 함께, 한 발자국 뒤에서 걷던 서이령이 나지막한 목소리로 말했다.

"단 공자님."

"예?"

서이령의 부름에 잠시 그녀를 향해 시선을 돌렸지만 이내 상인의 손에 들린 약재로 시선이 돌아갔다. 이미 마음은 넘어가 있었고 말로 해결될 시기는 지났다.

"실례하겠습니다."

서이령이 눈짓하자 좌우에 서 있던 용위단원들이 단사천의 팔을 붙들었다. 이제는 익숙한 듯 자연스러운 움직임이었다.

"잠깐만, 이거 하나만이라도… 백령사(白靈沙) 맛만 조금이라도……."

미련을 떨치지 못해 빠르게 말을 내뱉었지만 서이령의 얼굴에 걸린 단호한 미소에 단사천은 고개를 떨어뜨렸다.

하지만 용위단원들의 구속은 약령시를 벗어날 때까지 그대로였다.

질질 끌려 약령시를 벗어나면서도 아쉬움이 가득한 눈동자는 멍한 얼굴을 하고 있는 상인의 손에 들린 약재를 향하고 있었다.

"하하⋯⋯."

시장 상인들과 행인들의 이목을 집중시키는 모습에 일행들은 경직된 웃음을 지으며 조금 멀찍이 떨어졌다.

맡은 바 직책상 떨어질 수 없는 호위들만이 그들에게 쏟아지는 시선을 감내해야 했다.

*   *   *

시야의 끝에서 끝까지. 장성처럼 길게 뻗은 담장은 변함없었지만 결코 높지 않은 담장 너머로 보이는 풍경은 상당히 변해 있었다.

조금 호들갑스러운 정문 수문위사들의 환대를 받으며 문을 지나자 탁 트인 시야에 들어온 것은 무수한 사람이었다.

땅, 땅, 땅

의선문이 아니라 시장으로 다시 들어온 것인가 하는 착각이 들 정도로 많은 사람이 분주히 일을 하고 있었다. 눈에 보이는 사람만도 족히 수백 명에 이를 정도.

무수한 인부가 사방에서 석재와 목재를 나르고, 한편에서는 계단을 깎고 기와를 올리고 있었다.

언뜻언뜻 보이는 검은 흙바닥 위로 올라간 목조 구조물. 어수선하기는 했지만 참화의 흔적을 덮어씌우는 실로 대규모의 역사(役事)였다.

"여러분, 이쪽입니다."

안내역으로 따라온 수문위사가 소란스러운 광경에 시선을 빼앗겼던 일행들의 주의를 되돌렸다. 위사가 안내한 길은 소란스러움이 덜한 소로였다.

다만 이곳도 소란스러움이 덜하다 뿐이지 사방에서 공사가 계속되고 있었다.

조금 더 가니, 생활감 있는 건물들이 나타났다. 의선문의 명성에 어울리지 않는 작고 허름한 전각들이었다. 그리고 그 앞에서 위사는 발을 멈췄다.

"안에서 문주님이 기다리고 계십니다."

위사가 멈추고 손으로 가리키는 곳은 그중에서도 가장 허름한 건물이었다.

지어진 지 수십 년은 된 듯, 손때가 묻어 반질거리는 나무 기둥이 인상적이었다.

의선이라는 거창한 별호와 황실의 수어의(首御醫)까지 오른 의원이 있는 곳이라고 생각하기 힘든 곳이었지만 안내하던 위사나 서이령은 익숙하다는 듯 아무렇지 않게 문을 열고 안으로 들어갔다.

"저는 이만 복귀하겠습니다. 그럼."

위사는 낡은 경첩이 삐걱거리는 문을 여는 것을 마지막으로 왔던 길로 되돌아갔다.

건물은 안쪽도 바깥 못지않은 세월의 흔적이 느껴졌다. 건물 안에 또 하나 있던 문을 여니 서문은 그곳에 앉아 있었다.

검게 얼룩진 방과는 어울리지 않는 깨끗한 탁상 위에 서류를 늘어놓고 있던 서문은 문을 열고 들어온 일행의 얼굴을 보곤 작은 놀람과 반가움을 드러냈다.

"이거, 반가운 얼굴들이군."

*　　　*　　　*

어지럽게 흩어져 있던 서류들을 한곳에 밀어 놓고 그 자리에 다기를 놓았다. 여섯 잔의 찻잔에는 희미한 향기의 찻물이 담겨 있었다.

"내단이라……."

한참이나 단사천과 서이령, 현백기의 설명을 들은 서문은 찻물을 한 모금 마시고는 생각에 잠겼다. 기억 속에 있는 무수한 의서와 의학 지식을 동원해 주어진 문제를 해결하기 위한 것이었다.

잠시간의 고민 끝에 서문은 찻잔을 내려놓으며 입을 열었다.

"일단 가능성이 있는 방법은 몇 가지 있습니다. 영약의 독기와 탁기를 제거하는 비술이야 영단을 제조하는 연단가라면 몇 가지씩 가지고 있는 비법이니까요. 실제로 영물의 내단도 몇 번 취급한 적이 있고 말이죠."

일행의 얼굴에 화색이 돌았다. 단사천의 경우는 특히 더했다. 보신결의 항상성(恒常性)으로도 채 억누르지 못한 환희가 새어나오고 있었다.

"그럼, 바로……."

무설이 참지 못하고 입을 열었지만 서문은 손을 들어 그 말을 끊었다.

"그럴 수는 없는 노릇일세. 실물을 보고 몇 가지 확인하기 전에는 확답을 낼 수는 없으이. 천묵수적(踐墨隨敵)이라, 먹을 보고 줄을 퉁겨야 하는 법이고, 환자를 보고 처방을 결정하는 것이니 내단에 담긴 기운의 성질이나 크기, 그것을 사용할 환자의 상태. 확인해야 할 것이 한두 가지가 아니야."

무설은 곧 민망한 얼굴로 일어난 자리에 다시 앉았다. 다만 이번에는 현백기가 귀찮다는 듯 탁자 위에 서서는 서문을 노려보며 말했다.

"여기 있다. 원하는 만큼 확인해봐."

가볍게 꼬리를 털자 황흑의 내단이 허공에 떠올랐다가 탁자 중앙에 떨어졌다.

퉁, 투웅.

맑은 소리를 내며 몇 번 작게 튕기던 내단은 그대로 다과가 쌓여 있던 빈 접시 위에 안착했다.

"만지지는 말고. 네놈 내공으로는 그거 못 버틴다."

현백기의 한마디에 서문은 내뻗었던 손을 회수했다. 눈으로만 봐서는 그저 아름다운 보석 같았지만 기감으로 느끼노라면 살갗에 닭살이 돋게 만드는 거대한 힘, 그리고 흉험한 살기가 담겨 있었다.

손으로 직접 만지면 버틸 수 없으리라는 현백기의 말이 곧바로 이해가 되었다.

그런 것들이 있었다. 무수한 약을 다루며 내성이 생긴 그의 손으로도 만질 수 없는 독초 같은 것들이.

그리고 눈앞에 있는 이 황흑의 보주는 그가 여태껏 다뤄온 어떤 영물의 내단과도 비교를 할 수 없는 물건이었다. 지금까지 그가 봐온 것들이 가짜로 느껴질 정도로.

"할 수 있겠냐? 약쟁아."

"…모르겠습니다. 이런 건 다뤄본 적이 없다 보니."

대답을 하면서도 그가 알고 있는 방법들이 차례로 머릿속을 스쳐 지나갔다.

'생약이 아니니 물에 넣어둔다고 독기가 빠질 것도 아니고, 이걸 재료로 아예 다른 영단을 빚어버리는 건… 위험밖에 없군. 제조법이 존재하는 것도 아닌데 괜히 그러다 날려먹는 미래밖에 안보여, 그럼 반대 성질의 약으로 중화를 시키는 건……? 아니 이것도 힘든가. 이만한 걸 중화시키려면 동급의 영단을 가져와야 할 텐데…….'

단순히 크기만이라면 대환단이라도 몇 알 가져다 한데 모아 섞어버리면 어떻게든 될지 모른다. 하지만 그것을 섞는 방법, 비율은 수십 년에 걸쳐 연구하고 또 다듬어야 할 문제였다.

한시가 급한 지금은 손댈 수 없는 일이었다.

'그리고 그런 건 구할 수도 없지.'

권력으로 압박한다 한들 소림에서 문외불출의 보물을 쉽게 내놓을 리가 없었다.

"어, 구할 수 있지 않나요?"

"음?"

생각을 계속해서 이어가던 도중에 갑작스럽게 무설이 끼어들자 서문은 반사적으로 멍청한 반문을 했다. 무슨 말인지 잠시 이해하지 못한 서문이었으나 곧 생각이 말로 새었다는 것을 깨달았다.

"무슨 소리인가? 소저는 대환단 같은 것이라도 가지고 있는 건가?"

서문의 반문에 말실수를 한 것인지 잠시 고민하던 무설은 재빨리 당황을 추스르고 입을 열어 답했다.

"그런 건 아니지만… 그 내단이랑 비견할 수 있을 만한 거라면 짐작이 가는 게 있어요."

이번에는 서이령과 현백기가 당황해서 그녀를 쳐다봤다. 어떤 것인지 그들도 궁금하다는 눈치였지만 무설은 답답하다는 듯 조금 높아진 목소리로 답했다.

"그 왜 영지의 중심에 있던 것들이요. 태산의 빙정(氷精)이나 천주, 해안동굴에 있던 고목(枯木) 같은 거요."

현백기가 고개를 끄덕였다.

"영지의 정화(精華)라… 확실히 이것과 비교할 수 있으려면 그런 것밖에 없기는 하지."

영지의 정화에 대해 별다른 설명은 없었지만 서문은 곧 떠올릴 수 있었다.

의선문 내원의 의선등천지암. 이제는 부서져 잔해만이 남은 그 새하얀 백석이 곧장 서문의 뇌리에 생생하게 그려졌다.

인세에 존재하는 것이라 생각하기 힘들 정도로 거대한 기운의 응집체였던 것이다.

태산의 빙정이나 천주의 고목에 대해서는 아는 것이 없었지만 영지의 정화라고 할 만한 것이 있다면 그것 외에 다른 것을 떠올릴 수가 없었다.

"약쟁이 네놈도 짐작 가는 건 있겠지?"

"예, 영지의 정화라 하면 그것뿐이지요. 그런데 의선암이라… 확실히 그런 것도 있었군요. 그날 이후로는 다른 것이 바빠 신경도 쓰지 못하고 있었기에 생각이 닿는 것이 늦었습니다. 제 실수입니다."

서문은 그렇게 말하고는 다시 고민에 빠졌다.

무설과 서이령, 단목혜의 얼굴빛이 한층 밝아졌다.

확실하지는 않더라도, 고민해 볼 만한 가치가 있다는 의미였으니까.

서문이 고민을 이어가는 동안 현백기는 탁자에 주저앉았다.

쟁반 위를 굴러다니던 내단과 단사천을 번갈아 보다가 내단에 시선을 고정하고는 입을 열었다.

"가능할 것 같으냐?"

서문은 잠시 고민하더니 답했다.

"…어쩌면, 아니 꽤 높은 확률로 가능할 것 같습니다. 실례가 없다 보니 확답은 할 수 없지만, 이론적으로는 충분히 가능성이 있습니다. 이미 그전에도 몇 번인가 영지의 영기를 활용해서 영단을 빚은 적도 있으니 그 경험을 살리면, 영지의 정화(精華)를 사용하면 저절 어떻게든 사용할 수 있는 수준으로 내단의 탁기를 정화(淨化)할 수도 있겠습니다."

서문은 꽤나 흥분한 기색으로 말을 이어갔다.

그가 꿈꿔온 물건의 완성이 가시권에 들어왔다는 것이 그를 흥분하게 했다. 하지만 그럼에도 의원의 기본자세를 잃지는 않는다.

"그래도 될 수 있으면 오행상생과 상극에 맞춰서 토기나 화기를 품은 것을 준비하는 게 좋겠습니다. 그편이 조금이라도 가능성이 높을 테니까요. 그 외에도 몇 가지 더 안전장치를 마련해두는 것도 생각해봐야겠군요."

새로운 이론에 완전히 정신이 팔지 않는다. 의원이 해야 하는 모든 것은 환자를 위해서, 라는 의선문의 기본 정신을 유지하고 있었다.

"문제라면 하나로도 벅찰 내단과 영지의 힘이 뒤섞인다는 건데, 보통은 인간의 몸으로 버틸 수 있을 리가 없겠지만… 이미 한 번 버텨냈지요. 한 번쯤 이 친구의 몸 상태를 확인해 봐야 하겠지만, 이미 세 가지 기운을 뒤섞어 놓았으니 충분히 가능성은 있습니다."

서문은 내단에서 시선을 거두고 단사천을 바라봤다.

전신을 훑는 바라보는 그 모습에 단사천은 살짝 한기를 느꼈지만 서문은 아랑곳 않고 호기심과 열기로 반짝이는 눈빛을 쏘아내며 입을 열었다.

"그럼 잠깐 몸 좀 볼까?"

*   *   *

바로 옆방에 마련된 진료실로 자리를 옮긴 서문은 단사천을 잠시 기다리게 하고는 밖으로 나갔다.

일반적인 진맥으로는 알 수 없는 영역에 있는 단사천이니만큼 최대한 준비를 하겠다며 나간 서문은 꽤나 오랜 시간이지나서야 진료실로 돌아왔다.

"기다리게 해서 미안하군."

근 두 식경이 지나고 문을 열고 나타난 서문은 한쪽 옆구리에 큼지막한 목함을 끼고 있었다.

"자 이리로 오게."

서문은 한쪽에 마련된 침상을 가리켰다.

침상에 앉자 서문도 한쪽에 있던 작은 의자를 가지고 와그 앞에 앉았다.

"먼저 이 약을 먹게, 대단한 영단은 아니지만, 금기와 화기를 보충하는 데는 충분하고도 남을 거야."

손가락만 한 옥병을 톡톡 털자 손바닥 위로 종이에 싸인 조그만 단약이 굴러 나왔다.

　유지를 벗겨내니 진한 적갈색이 시선을 잡아끌었다. 청아한 약재 냄새가 코를 찔렀다.

　단사천은 손바닥 위에 놓인 단약을 잠시 바라보다 곧 입에 넣었다.

　화아악

　입안에서 싸하게 퍼지는 약기.

　단약은 입에 넣자마자 순식간에 녹았고 목구멍을 타고 넘어가는 느낌은 차가운 불길이었다. 손톱만 한 작은 단약이었지만 약주(藥酒) 한 동이는 들이킨 것 같은 열기가 뱃속에서 올라왔다.

　열기가 지나고 난 다음은 옅은 금속의 맛이었다. 묵직하게 뱃속으로 들어온 약기(藥氣)는 진기도인 없이도 제가 가야 할 곳을 안다는 듯 규형이 흐트러진 부분을 바로잡아가기 시작했다.

　서문은 대단한 영단은 아니라고 말했지만 이 정도면 충분히 영단의 반열에 오르고 남는 명약이었다.

　흡수를 기다리는 듯 약을 먹고 얼마간 시간이 지난 뒤에야 서문은 녹색 비단이 깔린 침상을 가리켰다.

　"그럼 여기 눕게."

단사천은 겉옷을 벗고 짙은 갈색 가죽의 침상에 몸을 눕혔다. 옷 위로도 촉진이 가능한 서문이라지만 조금의 오차도 배제하기 위해 미리 벗은 것이다.

윗옷을 훌렁 벗으니 조각 같은 육체가 여실히 드러난다. 침구(鍼灸)를 준비하던 서문의 표정이 순간 굳었다.

"…허허허."

외공을 주로 삼은 무인들 중에는 단사천보다 크고 훌륭한 근육을 지닌 자들도 많다. 내공 없이도 바위를 부수고 나무를 꺾는 역사(力士)들의 몸도 많이 봐왔다.

하지만 의원의 눈으로 볼 때, 가장 완벽한 것은 단사천의 신체였다.

완벽한 균형.

유연하고 강인하며, 폭발적이고 또 끈질기다. 전신 어느 곳도 모자람 없이 단련되어 있었지만, 특히나 몸의 중심을 이루는 척추 주변의 핵심적 근육이 발달된 정도는 현기증이 일 정도였다.

반년 전 봤을 감탄을 금치 못할 대단한 근골이었지만 어디까지나 사람이 빚을 수 있는 그릇이었다. 하지만 지금은 의학자로서의 그가 꿈꾸며 그리던 이상의 신체가 그곳에 있었다.

'영기의 힘인가?'

그럴 가능성도 충분했다. 인간의 몸에 영기가 깃드는 것을 본 것은 처음이다. 수천 년에 달하는 의학사에도 이러한 사례는 없었으니까.

영기 사이의 조화가 완전해진다면, 그때는 또 신체가 어떻게 변할지 기대되기 시작했다.

'전설처럼 환골탈태라도 하려나.'

그럴 리 없지, 하고 피식 웃어버린 그는 그를 물끄러미 바라보고 있는 단사천의 시선을 느끼곤 자신의 실수를 깨달았다.

환자를 눕혀두고 다른 생각을 하다니. 평생을 바친 의원 경력이 부끄러워지는 순간이었다. 무안함을 감추기 위한 헛기침이 절로 튀어나왔다.

"크흠, 그럼 바로 시작하겠네."

*   *   *

단사천의 진찰과 처치를 끝내고 돌아온 서문은 지친 얼굴로 문을 열고 방 안으로 들어왔다.

격전을 치른 듯 발걸음에도 힘이 없었고 얼굴에도 피로가 묻어나왔다.

예상 이상으로 복잡하게 얽혔던 영기 사이의 상생 상극이 만들어 내던 작용을 확인하고 그것을 풀어낼 방법을 생각하느라 심력과 진력을 모두 짜낸 그였다.

비어 있는 자리에 털썩 주저앉은 서문은 손녀가 따라준 차를 단숨에 삼켰다. 미지근한 찻물을 들이켜자 따끔거리던 두통이 조금 나아지는 것 같았다.

"후우……."

서문의 지친 모습과 한숨에 서이령이 뒤따르듯 물었다. 서문이 왜 저리 지쳤는지 이유를 모르는 그녀로서는 뭔가 큰 문제라도 있었던 것이 아닌가 하는 생각이 든 것이었다.

"혹시 단 공자님의 몸에 문제라도 있었습니까?"

"아니, 단 공자에게 별문제는 없단다. 영기 간의 불균형으로 심폐(心肺)가 조금 압박을 받고 있기는 하지만 아직 심각한 수준은 아니었다. 그게 가장 걱정 되는 부분이었는데 처치는 잘해뒀더구나. 심맥(心脈)도 생각보다 잘 보존되어 있었고. 정말 잘해줬다. 이제 한 사람 몫은 충분히 하는구나."

어느새 이만큼이나 자라 버린 건지. 옅은 감상에 빠진 서문은 손녀의 성장에 흐뭇하게 웃음 지으며 수염을 쓰다듬었다.

"그렇습니까."

서이령은 그제야 들고 있던 찻주전자를 내려놓았다. 의원이 아니라 제 나이 대의 여자 아이다운 모습에 웃음이 조금 짓궂게 변했지만 곧 웃음을 지워야 했다. 옆에서 가만히 듣고 있던 현백기가 서문에게 말을 걸었기 때문이다.

"그래서, 이무기 꼬맹이가 내단을 흡수할 수 있을 것 같으냐?"

"글쎄요. 잘은 모르겠습니다. 단 공자의 내공심법이 신공이라 불려도 좋은 것이라고는 하지만 내단을 구성하는 영기도 결코 안심할 수 있는 양이 아니지 않습니까? 사고 위험은 결코 없을 수가 없습니다. 그리고 저런 상태의 영기를 흡수하는 건 상정한 적이 없으니."

서문은 어깨를 으쓱하고는 말을 이었다.

"모든 것이 예상밖입니다. 가능한 준비는 하겠지만, 저로서는 모른다고밖에 대답할 수가 없습니다."

단호한 대답에 현백기는 콧잔등을 찌푸리며 길게 뻗은 수염을 튕겼다.

"내가 도와준다고 해도?"

"그러면 가능성이야 오르겠지만… 큰 의미는 없을 겁니다. 그리고 무엇보다 저걸 정화하는 게 먼저 아니겠습니까? 그전에는 그냥 동반자살입니다."

"결국 영지의 정화를 사용해야 한다는 말씀이시군요."

서이령은 비어 있는 찻잔에 다시 차를 따르며 말했다. 서문은 작게 고개를 끄덕였고 현백기는 꼬리를 세차게 휘두르며 입을 열었다.

"하지만 그것도 문제가 있다. 꽤 큰 문제가, 영지의 정화(精華) 중에 멀쩡한 게 없어."

서문이 단사천과 자리를 옮겼을 때 현백기는 이미 이 문제에 대해서 서이령과 이야기를 끝낸 상태였다.

"내 영역에 있는 빙정은 아직 응결(凝結) 중이고 천주에 있을 신목(神木)은 그 미친놈들의 시체와 함께 태워 버렸지. 화산에 있던 파군의 영역도 그 꼴이었던 걸 보면 다른 영지들도 마찬가지일 거다. 그놈들이 그냥 놔뒀을 리가 없지. 그리고 여기 안뜰에 있을 그것도 상태가 정상은 아닐 테고."

현백기는 서문에게 시선을 향했지만 긍정적인 대답을 기대하지는 않았다. 묻지 않아도 알 수 있었다. 현백기의 기감에 느껴지는 영지의 상태는 태산이나 천주의 영지에서 느낄 수 있던 것과 비슷했다. 영기에 온갖 탁기가 섞여 혼탁했고 밑바닥에는 질척거리는 악의가 눌어붙어 있었다. 그것들을 중화시키고 억누를 정화가 느껴지지 않았다.

"왕야의 말씀대로입니다. 의선암은 그날 쪼개진 뒤로 완전히 망가졌습니다."

습격 이후의 참상을 떠올렸는지 서문의 말에는 씁쓸함이 묻어나왔다. 포근한 토기를 흘려보내던 백석은 이제 없다. 있는 것이라고는 이제 그 순백의 색을 잃어가는 평범한 돌조각들뿐이다.

"결국 다른 영지로 가는 수밖에는 없습니다만……."

서이령은 힘없이 말끝을 흐렸다.

영지가 있으리라 예상했던 곳은 아홉, 그중 일곱은 이미 망가졌으니 남은 영지는 요동과 청해, 두 곳이다. 아니 사실상 마인들의 땅이나 다름없는 청해성을 제외하면 선택할 수 있는 장소는 요동성에 있을 영지, 하나뿐이었다.

"일단 청해성은 논외다. 곤륜산맥 전체를 뒤져야 하는데 그럴 시간도 없고, 그러다 미친놈들과 충돌할 확률이 너무 높아."

현백기는 진저리가 난다는 듯 고개를 도리질 쳤다. 뻣뻣하게 솟은 꼬리의 털이 심정을 대변하고 있었다.

"그럼 요녕성 동쪽에 있다는 영지뿐이군요."

서이령은 그렇게 말하고 잠시 생각에 잠겼지만 서문은 곧장 부정적인 말을 꺼냈다.

"장성을 넘는다니, 지금 시국에 그게 허락되겠습니까?

지금 장성에 모인 병사가 몇인 줄 아십니까? 적게 잡아도 십만은 모여 있을 겁니다. 그리고 지금도 계속 모이고 있지요."

장성 안팎으로 시끄러운 정국이다. 장성 너머로는 북방 원정을 준비 중인 명군과 원나라 잔당들의 싸움이 하루가 멀다 하고 벌어지고 있었고 장성 안쪽에서는 마교도의 준동이 벌써 몇 차례나 있었다.

하루도 조용히, 피가 흐르지 않고 지나가는 날이 없는 것이 작금의 세상이었다.

그런 와중에 기백은 되는 무림인들이, 아무리 단가의 이름을 등에 업는다고 해도 장성을 넘는 일이 쉽게 이뤄질 리가 없었다.

"그건 문제될 거 없다. 군부와 관련된 일이라면 단목 성씨를 쓰는 꼬마 아이도 있으니까, 뭐 그래도 문제가 된다면 가는 길에 북경에 들러서 황제한테 통행증서라도 내놓으라 하면 될 테니 결국 문제는 없다."

하지만 현백기는 흥미 없다는 듯 아무렇게나 황제라는 말을 내뱉었고 서문은 쓴웃음을 지어야 했다.

현백기의 언사에도 이제 익숙해질 법도 하건만 여전히 익숙해지지 않았다.

"…그렇기야 합니다만."

분명 황제라면 그럴 것이다. 재미있을 것 같은 일이라면 얼마든지 웃으며 허락할 사람이었다. 그 위험 중독자는.

"그럼 된 거지. 뭘 그렇기야 합니다만이냐."

현백기는 그렇게 말하고는 구석에 있는 침상으로 뛰어넘어 갔다. 푹신한 솜이불과 비단 사이로 파고든 현백기는 고개만을 삐죽 내밀었다.

난처한 웃음을 흘리던 서문은 서이령에게로 고개를 돌렸다. 당장 급한 일은 그것이 아니었다.

"그럼 네게는 내단을 정화하는 방법을 가르쳐 주마. 시간이 없으니 오늘 밤은 지새울 각오를 하도록 해라."

서이령은 무겁게 고개를 끄덕였다. 그녀의 눈이 이채를 발하고 있었다.

한창 두 사람과 한 마리가 앞날에 대한 고민을 떠들고 있는 동안, 무설과 단목혜는 침상에 엎드려 뜸이 타들어가는 것을 느긋이 즐기고 있던 단사천의 좌우에 자리 잡고 있었다.

"과일이라도 드실래요?"

무설은 붉게 익은 석류알을 손끝으로 집어 단사천의 입가에 가져갔다. 무인의 손이라고는 믿기지 않는 깨끗하고 아름다운 손가락이었다.

그 반대편에서는 단목혜가 마찬가지로 자리 잡고 희고 긴 손가락을 놀려 볼 언저리를 콕콕 찌르고 있었다.

옆에서 본다면 미녀 둘을 좌우에 끼고 주지육림을 만끽하는 모습이었지만 당사자인 단사천은 아무래도 좋았다.

아니 오히려 거슬렸다. 차분히 뜸의 열기와 열기가 만들어내는 내기의 흐름을 즐기려 했건만 옆에서 계속해서 방해하는 두 여인들에게 온 인내심을 쏟아야 하는 상황이 마음에 들지 않았다.

"안 먹습니다. 그리고 너도 그만둬라."

"안 먹어요? 제철이라 잘 익어서 맛있는데."

요염한 손길로 석류알을 입으로 가져간다. 붉은 입술 속으로 붉은 석류알이 사라지는 광경은 상당히, 색정적인 광경이었지만 그 모습을 보는 대신 고개를 숙여 침상에 얼굴을 묻은 단사천에게는 보이지 않았다.

'뭐 봤더라도 아무래도 좋다고 생각하겠지만. 정신적으로 고자인걸까.'

무설은 속으로 한숨을 삼키며 석류를 살짝 베어 물었다. 달콤한 과육과 향기가 조금 가라앉았던 기분에 좋은 고양감을 선사했다.

'배운 게 잘못된 건 아니겠지.'

패천방은 정도를 걷는 문파가 아니다. 어디까지나 정사 중간의 문파였다. …사실대로 말하자면 사파에 한없이 가까운 중도였다.

휘하의 사업체 중에는 합법적이라고 말하기 힘든 것들도 꽤나 있었고 그중 가장 적지 않은 지분을 차지하는 주루와 기루는 패천방의 기반을 유지하는 사업이었다.

바다를 접하는 도시를 본거지로 삼았으니 당연하다면 당

연한 일이었다. 거칠기 그지없는 바닷사람들은 도박과 술 그리고 여자로 항해의 피로와 공포를 풀려드니, 그들의 돈을 노리는 사업은 당연했다.

그리고 그녀는 그런 패천방의 소방주로 그런 것에도 꽤나 익숙했다. 익숙하달까, 아예 고급 기녀들에게 몇 가지 기술을 배우기도 했다.

지금처럼 은근히 혹은 대놓고 염기(艷氣)를 흩뿌리는 것이 바로 그랬다. 철심검화라는 별호가 붙을 만큼 드센 성격임을 자각하고 있던 그녀였기에, 미래의 부군이 될 사람 앞에서는 내숭이라도 부리고자 꽤나 열심히 배웠던 기술이었는데 정작 가장 효과를 보고 싶은 상대는 아무렇지도 않으니 한숨이 멎질 않았다.

'하아… 단목 소저도 비슷한가.'

슬쩍 곁눈질로 훔쳐본 단목혜는 반응을 보이지 않는 단사천의 옆에서 예의 손가락 장난을 계속하고 있었다.

진심으로 즐기고 있는지, 반응 따위 아무래도 좋은 얼굴이었다.

얼마 지나지 않아 단사천은 잠들었다.

일부러 외부의 자극을 차단해 버리고 체내의 온기에만 집중한 결과였다.

그쯤 되니 단목혜도 장난을 멈추고 단사천 옆자리에 누웠던 몸을 일으켰다.

꽤나 오래 엎드려 누워 있던 탓에 찌뿌둥한지 한껏 기지개를 켠 단목혜는 그녀를 빤히 보고 있던 무설과 눈이 마주쳤다.

"왜요?"

"아뇨. 즐거워 보인다 싶어서요."

무설의 말에 단목혜는 고개를 갸웃하더니 슬쩍 웃어보였다. 그러고는 몇 차례 작게 고개를 끄덕이고는 답했다.

"예, 즐거워요. 보통은 이렇게 있을 수 없으니까. 무남독녀 외동딸이라서 말이죠. 너무 과보호라니까요."

침상 끄트머리에 걸터앉은 단목혜는 발을 흔들며 계속해서 말을 이어갔다.

"그러고 보니 설 언니는 뭘 보고 오라버니에게 반했어요? 못생긴 건 아니지만 솔직히 멋있다거나, 남자답다거나. 그런 매력이 느껴질 사람은 아니잖아요?"

"설 언니라니……."

갑작스러운 호칭 변경에 무설이 아연하며 반문했지만 단목혜는 상체를 죽 들이밀며 눈을 가늘게 뜨고 말을 이었다.

"왜요. 맞잖아요. 저보다 나이가 많으시니 언니죠. 그래서 대답은요?"

무설은 단목혜의 말에 살짝 고소를 머금었다. 다만 쓴웃음은 순간이었다. 대신 그녀는 아무렇지 않게 되물었다.

"단목 소저가 대체 왜 그런 질문을 하는 건지 잘 모르겠네요. 단 공자라면 집안이나 사문도 어디 가서 꿀릴 곳도 아니죠. 아니 어딜 가나 대우를 받았으면 받았겠네요. 그렇다고 얼굴도 모자란 것도 아닌 데다 지니고 있는 무공도 대단하기까지 한데. 이 정도면 충분히 우량 물건 아닌가요?"

"정말로 그렇게 생각해요?"

그녀를 바라보는 단목혜의 눈이 묘한 눈빛으로 빛났다. 무설은 곧 어깨를 으쓱하고는 시선을 흘려 넘겼다. 나이에 어울리지 않는 무거운 눈빛과 기도였지만, 그 정도는 마교도들의 광기와 살기에 비하면 훈풍이나 다름없었다.

대신 무설은 시선을 단사천에게로 돌렸다. 규칙적인 숨소리가 얕게 이어지며 어깨가 오르락내리락하고 있었다.

"처음에는 그게 전부였어요."

"흐응."

단목혜의 눈빛이 진해졌다. 뜨뜻미지근한 눈빛이었다.

"저희가 처음 만났을 때의 일은 단 공자한테 들어서 알고 있죠?"

"그러니까 개봉에서 습격당했을 때, 우연치 않게 오라버니가 도와줬던 걸 말하는 건가요?"

"예, 그거요."

무설은 어설프게 웃어 넘겼다. 단목혜가 말한 것이 정확하지는 않았지만 굳이 틀린 것을 지적할 이유는 없었다.

"그때는 적당히 이용을 할 생각이었어요. 무슨 이유인지는 몰라도 위험한 마인들한테 노려졌으니, 은혜를 갚는다는 명목으로 같이 움직이면서 안전을 확보할 생각이었거든요. 그 시점에서 천문단가의 독자라는 걸 알았다면 행동이 좀 달라졌을지도 모르지만, 그때는 그냥 점창파의 제자라는 것 정도밖에 몰랐으니까요."

무설은 무릎을 끌어당겨 양팔로 감싸 안았다. 그러고 턱을 무릎에 가져다 대고는 처음 만난 날을 떠올렸다.

'첫인상은, 최악이었지.'

아무리 급한 상황이었다고는 하지만, 관계없던 사람을 이용하려 했다. 그야말로 최악이라 해도 과언이 아닌 첫인상이었다.

두 번째로 만났을 때도 그리 즐거웠던 것은 아니었다. 그녀는 단사천을 억지로 끌어 내었고 또 습격을 당했다.

그렇게 쌓인 감정은 분노나 죄책감에 가까우면 모를까 연모나 두근거림과는 거리가 멀었다.

'정말 계산적으로 접근했던 것 같은데, 어쩌다가 이렇게 됐지.'

고개를 들어 천장을 올려다봤다.

낡은 천장의 앙상한 목조 뼈대가 하늘 대신 눈에 들어왔다. 그곳에는 상당히 짙어진 뜸의 연기가 천장을 맴돌고 있었다.

"그 뒤로는 은혜도 갚을 겸, 인맥이라도 쌓아볼 겸 해서 따라다니다 보니. 조금씩 눈길이 가고, 뭐 그런 거였죠. 잘 설명 못하겠네요. 이런 일이 처음이다 보니까. 모르는 것투성이에요. 언제부터였는지. 뭐가 이유인지."

"그런가요."

단목혜의 눈빛이 맑아졌다. 옅게나마 존재했던 실망감은 어디론가 사라지고 없었다.

"그러는 단목 소저는요?"

"저요?"

"저만 말하는 것도 불공평하잖아요. 단목 소저는 무슨 특별한 일이라도 있었어요?"

단목혜는 무설의 시선을 피했다. 그러면서 슬쩍 입가를 가리는 손짓은 웃음을 참고 있는 것처럼 보이기도 했다.

"딱히 선택지가 없었어요. 랄까요."

"네? 그건 또 무슨 소린지……."

단목혜는 손가락 두 개를 펴들었다.

"두 개예요. 단목장군가랑 비슷한 높이에 있는 가문은. 딱 둘, 오라버니네 가문인 단가와 황제폐하의 수족인 정가(鄭家) 뿐이에요. 그중에 정가는 아예 환관들이 양자를 받아가며 이어가는 집안이니… 사실상 딱 하나 남았죠."

단목혜는 깊게 한숨을 내쉬곤 턱을 괴며 계속 말을 이어갔다.

"아버지의 뜻이었어요. 가문간의 격이 맞는 곳은 단 하나이니, 제가 태어나기도 전부터 두 가문 사이에서는 혼담이 오갔던 것 같아요."

"하지만 아직 단 공자는 약혼자도 없는 상태 아니었던가요?"

"그야 대학사님께서 확약을 안 내주셨으니까요. 대학사님께서는 가능하면 본인들의 의사로 결정했으면 한다고 늘 말씀하셨어요. 아버지는 달랐지만요."

무설은 처음 보는 것 같은 단목혜의 표정이었다. 답답한 현실에 어쩔 수 없이 짓는 것 같은 웃음. 몇 초 되지 않는 짧은 시간이었고 곧 예의 활기찬 웃음이 떠올랐지만, 확실히 보았다.

"사실 처음에는 별로 안 좋아했어요. 첫인상도 별로였고, 대화를 많이 한 것도 아니었고 그렇다고 눈이 돌아갈 정도로 잘생긴 것도 아니었으니까요. 그런데"

단목혜는 사 남매의 막내이며 군부 최고 권력자의 딸이고 타고난 미모까지, 거기에 어디서 배운 것인지 아니면 타고난 것인지 알 수 없는 내숭까지 합쳐지니, 단목혜라는 소녀는 누구에게나 사랑 받을 수밖에 없는 아이였다.

"처음이었어요. 옆을 지나가도 눈길도 안 주는 사람은."

무설은 그렇게 말하는 단목혜를 차분히 살펴봤다.

눈썹을 역팔자로 만들며 이를 앙다문 채, 노려보듯 사나운 눈매를 하고 있었지만 그것도 그 나름의 그림이 되는 미모였다.

길을 지나간다면 열에 아홉은 길을 가다가 눈을 돌리고 하나는 처음부터 끝까지 시선을 붙잡아 둘 그런 미인. 어리다고 해도, 아니 어리기에 더욱더, 인형 같은 아름다움과 귀여움이 있었을 것이 분명했으나.그때의 단사천도 역시나 단사천이었던 듯했다. 그녀가 자각하지 못하는 사이 조금 웃음이 새어나왔다.

"그러는 설 언니도 똑같으면서, 이거 웃을 상황 아니거든요?"

"하아… 그것도 그러네요."

"아무튼 그때부터였어요. 돌아보게 만들어주겠어! 라는 낌으로 오기가 생겨서 이래저래 같이 놀다 보니까, 어쩐지 모르게, 어느새? 라는 느낌이네요. 사실 단 오라버니처럼 편하게 이야기할 수 있는 상대가 없었던 게 제일 큰 이유라고 생각하지만요."

단목혜의 중얼거림에 무설은 고개를 끄덕였다.

전반부는 마음 한구석이 찔리는 느낌이었다면 후반부는 그녀도 꽤나 공감이 가는 내용이었으니까.

복건성, 천주. 결코 작지 않은 도시였지만, 그곳에 그녀의 친구는 없었다. 유일하게 대문파임을 자칭할 수 있는 것은 패천방뿐. 그 외에는 그녀의 환심을 사기 위해 들러붙는 날파리 같은 종자들뿐이었다.

영향력이 한 성, 그것도 일부에 국한되는 무림방파의 여식인 그녀도 그랬다.

단목혜의 경우는 한층 더 심각했을 것이 분명했다.

그나마 몇 대에 걸친 독자인 단사천과 달리 주변 친인척이 꽤나 있다고는 하지만 그들도 본가를 이을 단목혜와의 사이를 유지하기 위해 그녀의 비위를 맞추는 일을 하지 않는 사람은 없었다.

결국 그녀도 주변에 사람이 많다한들 이해관계를 따지지 않고, 마음을 터놓은 채 이야기할 수 있는 사람은 손에 꼽을 수밖에 없었다.

"나한테 잘 보이려고 하지도 않고 그냥 늘 있으나 없으나 한결 같은 모습을 보면서 깨달았어요. 그뿐이에요."

가문을 이을 데릴사위를 원하시는 아버지는 별로 마음에 들어 하지 않으셨지만요. 라며 설핏 웃은 단목혜는 대화를 마무리 지었다. 아직도 깨지 않은 단사천을 볼을 살짝 깊게 찌른 그녀는 침상에서 내려와 문 쪽으로 걸어갔다.

"그럼 이제 다음은 이령 언니네요."

"그러네요. 서 소저 것도 들어봐야죠. 사실 안 들어도 대충 알 것 같지만요."

八. 귀경

단사천의 본가, 천문단가는 북경(北京) 동쪽 끝, 외곽으로 나가기 직전에 자리했다.

　삼주(三柱)라 불릴 정도의 명가치고는 늘어선 전각들의 규모가 생각보다 크진 않았다.

　주변의 다른 집이나 전각과 비교하면 조금 더 크고 화려하기는 했지만, 그렇다고 큰 차이가 있는 것도 아니었다.

　단지 하나, 내걸린 현판의 천문단가, 이 네 글자가 무엇보다 큰 차이를 만들어 내고 있었다.

"아니, 도련님! 이게 얼마만입니까! 이제나 저제나 돌아오실 날만 손꼽아 기다렸는데, 살아 있는 동안 다시 뵈어 참으로 좋습니다. 아니, 이럴 게 아니라 안으로 드시지요. 당장 주인 어른과 마님께 알리겠습니다."

마당 앞을 비질하기 위해 나온 노복(老僕)의 격한 환영에 단사천은 고개를 한 번 끄덕이는 것으로 대답을 대신했다.

노복이 소리치자 곧 담장 안에서도 소란이 일었다.

하인과 하녀들이 제각기 소리 높여 단사천의 귀가를 환영했다. 그나마 생각이 깊은 자들은 그들의 주인을 향해 발을 옮겼다.

"그럼 도련님. 저는 용위단을 숙소로 안내해 주고 오겠습니다."

앞에 대 자가 붙기에는 조금 손색이 있는 저택이다. 비울 수 있는 방은 십여 명 분이 전부인 곳에서 근 일백에 달하는 용위단원들이 모두 들어갈 수는 없는 노릇이었다.

장삼은 대문 문턱을 넘지도 않고 그대로 용위단을 이끌고 다시 북경 시내로 발을 옮겼다.

"일단 다들 안으로 들어오시죠."

하인들이 말과 마차를 넘겨받고 기본적인 정리가 끝나자 단사천은 나서서 일행들을 안내했다.

"오호……."

담장 안쪽은 정갈한 분위기의 정원이 펼쳐져 있었다. 소나무와 암석을 기본으로 꾸며진 정원은 단아하고 정갈한 멋이 살아 있었고 곳곳에 놓인 분재가 그 멋을 더하고 있었다.

보자마자 감탄이 나올 대단한 장관은 아니었지만, 오래 두고 보아도 질리지 않을 멋이었다.

"천아!"

정원의 고즈넉한 풍취에 취한 일행을 깨운 것은 안쪽에서부터 들려온 목소리였다. 그 안에 내공은 옅었지만 내공이 아닌 다른 무언가가 말에 힘을 더하고 있었다.

"아버지. 소자, 돌아왔습니다."

"그래, 잘 왔다. 아 이거 인사가 늦었습니다. 그 아이의 아비 되는 단리명이라 합니다."

두 손을 공손히 모아 고개를 숙인다. 그 인사와 대학사, 단리명의 이름값에 당황한 무인들은 포권을 취해야 하나 고민하다 단목혜가 보이는 예법을 재빨리 따라했다.

그 모습을 보고 단리명은 쓴웃음을 지었다. 남자들까지 여인의 예를 따라하는 모습에 무심코 흘러나온 고소(苦笑)였다.

"먼 길 오시느라 피곤하셨을 테니. 일단 손님들을 먼저 방으로 안내해 드리겠습니다. 식사까지는 아직 시간이 있으니 조금 쉬고 계시지요. 가서 안내해 드리게나."

"알겠습니다. 어르신. 여러분 이쪽입니다."

하인 몇몇이 사람들을 이끌고 사라지자 정원에는 단사천과 단리명 단둘이 남았다. 단리명은 한껏 굳은 얼굴로 단사천과의 거리를 성큼성큼 좁혔다. 석 장 거리가 단숨에 줄어들었다. 코앞까지 다가온 단리명은 단사천의 어깨를 움켜쥐더니 입을 열었다.

"인석아! 대체 제 몸 소중한 줄 모르고 얼마나 날뛰었기에 그리 큰 내상을 입은 게야? 어의 어르신께 듣기로는 네가 중상(重傷)에 난치(難治)라 들었다. 대체 어디를, 얼마나 다친 거냐?"

방금 전까지의 위엄은 지나가는 개에게라도 줘버린 듯 단사천의 전신을 꼼꼼하게 주무르고 또 살폈다.

철혈이니 냉혈이니 조정 관료들 사이에서는 사신 소리를 듣는 단리명이었지만 귀한 자식 앞에서는 남들보다 조금 더 극성맞은 아버지에 지나지 않았다.

"여보."

단리명이 손과 말을 멈춘 것은 그의 등 뒤에서 들린 낮은 목소리가 들린 직후였다.

"부, 부인."

삐걱거리는 소리가 들리는 것 같은 어색하게 끊기는 움직임으로 뒤를 돌아본 단리명은 거의 갈고리처럼 휘어진 허씨의 눈빛에 경련을 일으키는 웃음을 지어보였다.

"천아를 걱정한 것은 저도 마찬가지이니 뭐라 말하지는 않겠습니다만 적어도 안으로 들어가서 하시지요."

평소라면 그 가벼운 언행과 행동에 몇 마디 잔소리를 쏟아냈을 그녀였지만, 몇 번의 계절이 지나는 동안 한 번도 보지 못했던 아들의 모습에 화가 사그라들었다.

"지금 돌아왔습니다, 어머니."

"그래, 어서 오려무나. 자 방 안에 들어가자. 네가 온다고 좋은 약차를 구해놓았단다."

"어서 들어가자꾸나. 할 이야기도 많고 말이다."

턱.

문턱을 넘어 들어서는 집의 모습은 예전과 조금도 달라지지 않았다. 시간이 멈추기라도 한 것처럼, 정갈한 모습 그대로를 간직한 채였다.

"예전 그대로군요."

나직한 안도감과 그리움이 겹친 단사천의 감상에 단리명이 히죽 웃으며 답했다.

"후후후, 그렇지? 내 고생 좀 했다. 네가 떠난 날의 모습을 최대한 유지하려고 말이다."

단리명은 팔짱을 끼고 자랑하듯 그렇게 말했다. 허씨는 그 모습을 곱게 흘겼지만 이내 한숨을 내쉬고는 함께 웃어버렸다.

"알겠으니, 어서 안으로 들어가세요."

단리명은 아직도 무언가 더 말할 것이 남아 있는 눈치였으
나 등을 떠미는 허씨의 손길을 느끼곤 그대로 몸을 돌려 앞
장섰다.

달라진 것 없는 모습. 평온함을 느끼며 단사천도 곧 부친
의 등을 따라 발을 옮겼다.

*　　　　*　　　　*

점창파 일행들의 처소는 본채에서 조금 떨어진 객당으로
정해졌다.

비록 구중궁궐에는 미치지 못하지만, 나름의 규모가 있었
기에 작은 나무들로 둘러싸여, 주변의 눈을 신경 쓰지 않고
수련을 할 수도 있는 공터도 마련되어 있었다.

"벌써 나와 계셨습니까."

일성은 배정받은 방에 짐을 풀자마자 오랜 마차 여행으로
굳어버린 몸을 풀고자 애검을 챙겨 공터로 나왔는데 그와 같
은 생각을 한 것인지 무양자와 일도가 공터에서 그를 반겼
다.

"좋은 마차 얻어 타고 왔으니 길이야 편했지만, 몸이 좀 쑤
셔야 말이지."

공터 입구에 서 있는 일성에게는 시선도 돌리지 않고 대답한 무양자는 그대로 한 발 앞으로 디디며 이미 방어를 굳히고 있던 일도를 향해 검을 내질렀다.

허초도 변초도 없는 정직하고 곧은 일초였다. 하지만 극한으로 집중력을 끌어올려야 간신히 쫓을 수 있을 정도의 속도에 일도는 약간 늦게 반응했고 그 탓에 제대로 검을 쥐지도 못하고 검격을 받아내야 했다.

타악!

둔탁한 소음과 함께 목검과 목검이 부딪힌다. 일도의 얼굴은 손아귀에서 올라오는 충격에 일그러졌지만 무양자는 무심하게 입을 열었다.

"다음 오른쪽 허벅지, 속도 올린다."

말이 끝남과 동시에 어느새 회수된 목검이 예고대로 일도의 허벅지를 노리고 휘둘러졌다.

쐐액!

정확히 반 배 빨라진 참격은 강렬한 파공성과 함께했다.

이번에도 약간의 시간 차를 두고 어떻게든 방어에 성공했지만 쉴 틈은 없었다.

"이번엔 왼팔이다."

직전과 비슷한 속도로 내뻗은 검격이다. 매서운 속도로 날아드는 목검을 걷어 내기 위해 손을 뻗지만, 늦었다.

따악!

"읏!"

맹렬한 속도에 비해 담긴 힘은 그리 크지 않아 가벼운 신음으로 끝났지만 일도는 낭패한 표정으로 무양자를 바라봤다. 이미 목검을 회수해 납검한 무양자는 몇 번 혀를 차곤입을 열었다.

"오른쪽 왼쪽 반응이 차이가 상당히 많이 난다. 아무리 오른손잡이라지만 차이가 너무 커, 너는 다른 것보다 균형을 되찾는 수련을 먼저 해야겠다."

"가르침에 감사드립니다."

포권으로 무양자의 조언을 받은 일도는 목검으로 맞은 왼팔을 문지르며 일성 옆으로 자리를 옮겼다.

"여전히 봐주시는 게 없으시군."

"그만큼 배우는 것도 많지만 말이야."

일성은 일도와 자리를 바꾸듯 옆으로 스쳐 지나가며 짧게말을 교환했다.

그리 넓지 않은 공터다. 입구에서 몇 걸음 걷는 것으로 무양자의 지척에 도착할 수 있었다.

"너도 한판 할 테냐?"

저잣거리 왈패마냥 목검을 불량하게 까닥거리는 모습에 일성은 쓴웃음을 지으며 고개를 끄덕였다.

그 위명이나 나이, 무공에 걸맞지 않은 모습이었지만 이제 충분히 익숙해져 큰 동요 없이 쓴웃음 정도로 넘어갈 수 있었다.

"한 수, 부탁드리겠습니다."

비무는 길지 않았다.

기껏해야 몇 합이 교환이 전부였으니 사실상 비무라기보다는 일방적인 교육과 지도 편달이었다. 그리고 그 몇 합의 교환 이후, 명치 주변을 얻어맞은 일성은 땅바닥에 대 자로 누워 있었다.

"조금 늘었구나."

"후우… 그래봐야 옷깃도 못 스쳤지 않습니까."

무양자의 무성의한 칭찬에 일성은 숨을 몰아쉬며 대답했다. 본래라면 이제 무양자의 조언과 지적이 있을 차례였지만 일성은 그것을 듣는 대신 차오르는 숨을 억누르고 입을 열었다.

"사숙께 조금 묻고 싶은 것이 있습니다."

"뭐냐?"

무성의한 허락에 일성은 주춤주춤 일어서서는 느릿하게 호흡을 추스른 뒤에야 입을 열었다.

"…저희 이러고 있어도 괜찮겠습니까?"

일성은 무양자의 반응을 살폈지만 변함없는 표정을 확인하고는 다시 입을 열어 말을 이어갔다.

"지금이라도 운남성으로 돌아가는 게 좋지 않겠습니까? 단가를 무시하는 것은 아닙니다만 마교를 쫓는 일이라면 무림맹과 공조하는 편이 더 나을 겁니다. 더군다나 이대로 단 사제를 따라가면 동쪽 끝으로 가는 게 아닙니까? 마교도 놈들의 본거지인 청해와는 정반대로 가는……."

무양자는 일성의 말을 끊듯 짧게 답했다.

"괜찮다."

허허로운 기도, 마주하기 두려울 정도로 고요하게 가라앉은 검은 눈동자에도 일성은 물러서지 않았다. 오히려 눈을 맞추고 마주서서 다시금 입을 열었다.

"사숙……. 그럼 이유라도 설명해 주십시오. 지금 제 행동이 무례하다는 것은 알고 있습니다. 하지만 저희도 납득할 수 있을 만한 이유가 필요합니다."

무양자의 눈이 가늘게 좁혀졌다.

잠시 그 상태로 일성을 바라보던 무양자는 눈을 감고 한숨을 내쉬었다. 내뱉는 숨이 이어짐에 따라 무양자의 전신을 감싸고 있던 기도는 허무한 무색(無色)에서 한없이 붉은 살의가 되어갔다. 한숨에 허무함이라는 감정이 섞여 나오는 것 같았다.

"이유라."

작게 중얼거린 무양자는 한쪽 구석에서 수련을 하는 척하며 이쪽의 대화에 귀를 기울이는 일도를 슬쩍 바라보곤 다시 일성에게 시선을 옮겼다.

"놈들은 제자 녀석의 목을 노리러 올 거다. 분명히. 그동안 그렇게 당했으니, 이번에야 말로 제대로 된 놈들로 끌고 오겠지. 그렇지 않다고 해도, 내 제자 녀석은 당금 천하에서 마교 놈들과 가장 많이 엮인 녀석이다. 내게도 숨기고 있는 것이 있지. 아마 그것이 마교도 놈들과 겹치는 부분일 것이다. 굳이 없는 정보를 찾아다니기보다는 녀석 옆에서 기다리며 나타날 놈들을 잡는 편이 좋다는 판단에서였다. 이 정도면 대답이 되었느냐?"

무양자의 대답에 일성은 이해하면서 동시에 당황했다. 무양자가 단사천의 곁에 남은 이유는 단순히 제자를 위하는 마음에서였다. 라고 판단하고 있었지만 지금 말하는 것은 정반대, 마치 단사천을…….

그 순간 무양자가 입을 열었다.

"내가 제자를 미끼로 쓰는 것 같으냐."

"아니, 아닙니다!"

마음을 들킨 것 같아 일성은 황급히 그렇게 대답했다. 하지만 무양자는 쓸쓸하게 제 입에서 나온 미끼라는 단어를 몇 번이나 중얼거렸다.

그러는 동안 죄책감이나 후회 따위가 눈빛을 스쳐지나갔
지만 그것들은 인식하기도 전에 사라졌다.

"그래 미끼이기도 하다. 하지만 녀석이 당하게 놔둘 생각
은 없다. 내가 원하는 건 피에 미친놈들을 목덜미를 잡아채
는 일이지, 제자 놈이 칼침을 맞는 상황이 아니니까. …그러
니 걱정 마라."

그 마지막 두 마디는 무거웠다. 무양자의 눈에 담긴 무게에
짓눌린 일성이 할 수 있던 것은 굳은 얼굴로 답하는 것 정도
였다.

"알겠습니다. 사숙."

"난 먼저 들어가마."

무양자는 굳은 얼굴을 하고 있는 일성의 어깨를 두드려 주
고 그대로 건물 안으로 들어갔다.

*   *   *

방 안에는 세 명의 사람과 한 마리의 동물이 탁자의 네 면
에 각자 앉아 있었다.

현백기와 단사천, 장삼 그리고 단일문이다.

"…해서 저희는 도련님과 함께 장성을 넘어 동이(東夷)의 영

역에 들어가려 합니다."

달그락.

서찰로는 다 전하지 못한 그간의 행적을 설명하는 장삼의 말이 끝나자 정적이 내려앉은 방 안에 찻잔이 부딪히는 소리가 울렸다.

단리명은 진중한 얼굴로 한 모금 차를 마시고는 아들을 바라봤다.

점창파에 단사천을 맡기고 십 년 동안 제대로 얼굴을 본 적은 1년에 한두 번도 되지 않는다. 어수선한 정국에 내각대학사의 자리에 있는 그가 대도를 떠나 천하의 반대편인 운남까지 내려갈 수 있는 여유는 많지 않았으니까.

그래서 그는 아들을 볼 때마다 감회가 새로웠다. 아들의 성장은 세월이 흐르는 것을 새삼 느낄 수 있는 지표였다.

'그저 건강하기만 하면 족했거늘.'

어느새 훌쩍 자라버려, 자신보다도 한 뼘 가까이 키가 큰 아들을 보며 단리명은 한숨을 내쉬었다.

"의술이나 무공에 조예가 없어 잘은 모르겠지만, 그건 지금 당장 가야 하는 건가?"

"어의 어르신께서는 빠르면 빠를수록 좋다고 하셨습니다."

"흐음……."

단리명은 생각에 잠겼다. 따져 묻고 싶은 일은 얼마든지 있었지만 그런 것보다 지금 중요한 것은 무엇이 자식에게 도움이 될 수 있을까 고민하는 것이었다.

'호위무사를 더 동행시키는 건 힘들겠지. 용위단에 무림인들 이십여 명이라면, 어중이떠중이로는 방해만 될 터, 그렇다고 이 시국에 요동의 병마를 움직일 수도 없고… 아비로서 할 수 있는 건 통행증을 구해주는 정도인가.'

단리명의 머리가 지끈거렸다. 천하를 좌우하는 명문대족의 가주라 한들 할 수 있는 일이라고는 너무나 하찮은 것뿐이었다.

…그 통행증을 구하기 위해, 또 황족들과 어울려야 하고 무슨 꼴을 당할지 알 수 없다는 점에서 하찮은 일은 아니었지만 그것과는 별개로 아비로서 무력함과 자괴감을 느낄 수밖에 없었다.

"통행증은 곧 구해주마. 내 힘으로 구할 수 없다면 단목승, 그 친구에게라도 부탁해서라도 구해줄 테니, 며칠만 기다리도록 해라."

"감사합니다."

부자간의 정을 생각하면 어색한 광경이지만 1년에 한두 번 만나는 것도 힘들었던 사이라면 또 이해가 가는 모습이었다. 그 모습에 단리명은 더욱 고민했다. 아들을 위해 해줄 수 있는 것이 무엇이 있을지.

고민의 해답을 제시한 것은 옆에서 느긋하게 차와 다과를 즐기던 현백기였다.

"그러고 보니, 너 그때 이후로 제대로 된 칼도 없이 다니고 있었지? 요 며칠 쉬는 동안 새로 하나 맞춰 둬라. 언제까지 싸구려를 쓰면 또 아차 하는 순간 부러진다."

고개를 끄덕이는 단사천을 보며 단리명은 마침 대도에 와 있는 장인을 떠올렸다.

황제가 원정을 준비하며 상급으로 삼아 내릴 보검을 만들기 위해 온 자였다. 그 자신은 문인이기에 얼마나 대단한 장인인지 알 수 없지만, 주변의 무관들의 말을 들어보면 상당한 검장(劍匠)인 듯했다.

아니 그 무엇보다 황실에서 직접 손을 써 불러들였다는 점에서 확실할 터였다.

"그런 거라면, 내가 아는 사람이 있다. 그쪽을 가보지 않겠느냐?"

무언가를 해줄 수 있다는 것에 단리명은 약간 높고 빨라진 어조로 그렇게 말했다.

*　　　　*　　　　*

다음 날 아침이 밝자마자 단사천은 단리명이 붙여준 하인의 안내를 받아 대도 북쪽으로 향했다. 일행은 무설과 장삼뿐이었다.

단목혜는 대도에 도착하고 난 뒤, 본가로 잠시 돌아간 상태였고 서이령은 약을 제조하는 일이 남아 있던 탓이었다.

"그러고 보니, 어제 저희 어머니께서 여러분들과 함께 있었다고 들었는데 무슨 이야기를 했는지 알 수 있나요?"

단사천은 옆에서 보조를 맞춰 걷는 무설에게 말을 걸었다.

조용히 아무 말도 없이 걷는 것보다는 낫겠다는 생각에서였는데 무설은 당황하며 시선을 회피했다.

"여자들이 모여서 제 흉이라도 봤습니까?"

"그런 건 아니지만 뭐라고 말하기가 조금… 아하하."

친해지는 건 젊은 사람들끼리 알아서, 라던가 정말로 원하면 아들 입에서 결혼 소리가 나오게 만들어라 라는 허씨의 말을 그대로 전할 수는 없는 노릇이었다.

더 물어본다면 뭐라 대답해야 하는가를 고민하던 그녀였지만 다행히도 단사천은 더 캐묻지 않았다.

덕분에 대화가 끊기기는 했지만 목적지는 그리 멀지 않아서 침묵도 곧 끝이 났다.

안내에 따라 도착한 곳은 홍가구(弘家口)라는 특별할 것 없는 이름의 작은 산골 마을이었지만, 하나 특이한 점이 있었다. 바로 마을에 사는 모든 사람들이 대장일을 하거나 그와 관련된 일에 종사하고 있는 마을이라는 것이다.

모든 집집마다 크고 작은 가마가 존재하고 있었고 전쟁이 가깝다는 걸 증명하듯 사방에서 땅땅 거리는 소리와 매캐한 연기가 끝없이 뿜어지고 있었다.

단사천의 발이 멈춘 곳은 홍가구에서도 가장 깊은 곳에 있던 커다란 공방(工房)이었다. 보통의 현판 대신 음각된 도씨철장(到氏鐵匠)의 네 글자가 인상적이었다.

가까이 가니, 다른 곳과 마찬가지로 공방 안에서도 일정한 간격으로 망치질의 소리가 들려왔다.

"이곳에서 잠시 기다려 주십시오. 안에 기별을 넣겠습니다."

안으로 들어간 하인은 얼마 지나지 않아서 망치질 소리가 멈추고 노인이 걸어 나왔다.

상투 대신 붉은 두건을 두르고 있어 검댕이 묻은 백발이 어지럽게 머리 뒤쪽으로 흘러내렸고 추운 날씨에도 한가득 흘러내린 땀에 웃통을 벗어 젖힌 상체는 얼굴에서 보이는 나이에 걸맞지 않게 크고 작은 근육으로 꽉 차 있었다.

내공의 기운도 느껴졌는데 무인들의 그것과는 다르게 대단한 기도를 내뿜지는 않았다. 아마 양생법 수준을 벗어나지 않는 심법인 듯했다.

"이쪽의 공자님이 이번에……"

무어라 소개하려는 하인을 제치고 앞으로 나선 도 노인은 다른 사람들에게는 눈길도 주지 않고 곧장 단사천을 노려봤다. 이내 휘둥그레진 두 눈으로 작품을 감상하듯 단사천의 전신을 훑었다.

"흐음……"

짧게 침음을 흘리고 눈을 몇 번 비비던 노장(老匠)은 감탄의 한숨을 내뱉었다.

"허어! 내가 들을 때는 문인 집안 자제가 호신용 검 하나 받으러 온다고 들었는데, 학사는 무슨, 이건 숫제 괴물이구먼."

그렇게 말한 도 노인은 뜬금없이 손을 내밀었다. 무슨 뜻인지 알 수 없었던 단사천이 고민하고 있자 노인은 버럭 소리를 질렀다.

"아 이놈아! 얼른 손이나 내놔봐!"

도 노인의 닦달에 단사천은 손을 내밀었다. 손을 낚아챈 도 노인은 손금이라도 보는 듯 손을 노려보다가 이내 손가락에서 시작해 손목, 팔뚝까지 손을 뻗었다.

"이게 무슨……!"

한차례 더 감탄을 토해낸 도 노인은 더 말을 잇지 못하고 손의 감각에 집중했다.

떡이라도 주무르는 것처럼 한참을 오른팔의 근육을 확인

한 도 노인은 단사천과 눈을 맞췄다. 그 눈은 위험하게 빛나고 있었다.

"너 정체가 뭐냐? 반로환동이라도 한 전대 기인 뭐 그런 거냐? 아니, 사람이 맞기는 한 거냐?"

도 노인은 카랑카랑한 목소리로 외쳤다. 들뜬 감정이 흘러넘치고 있었다.

무림인이나 영물의 그것과는 또 다른 박력에 단사천은 한 발 뒤로 물러나려 했지만 손이 잡혀 있어 이뤄지지는 못했다.

도 노인은 고개를 휘젓고 다시 입을 열었다.

"아니, 그런 건 아무래도 좋다. 검 받으러 왔다고 했지? 원래는 대충 두드려 만든 걸로 하나 던져줄 생각이었는데 마음이 바뀌었다. 너 여기에 며칠이나 있을 거냐?"

대답은 장삼에게서 나왔다. 본래, 그의 경험을 살릴 생각이었지만 도 노인의 예상치 못한 반응에 본의 아니게 소외되어 있던 장삼은 조심스레 답했다.

"…가야 할 곳이 있어 대도에는 길어도 사나흘 정도만 머물 생각입니다."

사나흘, 이것도 꽤나 길게 잡은 것이었다. 단리명은 늦어도 이틀 안에는 통행증을 구해줄 수 있는 위치에 있는 인물이니까.

장삼의 말에 철사처럼 듬성듬성 수염이 자란 턱을 쓰다듬던 도 노인은 눈을 가늘게 뜨고 답했다.

　"그래? 좋다. 급한 대로 하나 빚을 수는 있겠군. 나흘 후에 찾아와라. 그때까지 칼 하나 빚어주마."

　"예? 하지만 아직 아무 말도……."

　밑도 끝도 없이 일단락된 대화에 가만히 듣고 있던 무설이 당황하며 말했다. 장삼도 말은 하지 않았을 뿐 같은 생각이었는지 의아한 시선을 도 노인에게 보내고 있었는데 도 노인은 코웃음을 쳤다.

　"헹! 그거면 충분하다. 그놈, 출신은 잘 모르겠다만 쾌검 쓰지? 그것도 발검 중시로."

　"어떻게 아셨습니까?"

　"손 생겨먹은 걸 보면 다 안다. 근육이나 굳은살 모양이 딱 그렇게 박혔는데 그걸 모를까. 심지어 혈도는 비좁고, 두껍지. 몸뚱이 관리는 잘한 것 같다만 손목, 어깨, 팔꿈치 관절에 쌓인 파로는 숨길 수 있는 게 아니지. 몸을 한계까지 혹사시키는 급격한 움직임의 증거거니까."

　쾌검은 급격한 가속과 정지를 기본으로 한다. 발검은 특히나 그 경향이 심하다. 정지 상태에서 최고 속도까지 단숨에 이어져야 하는 탓에, 그 부담을 완충 없이 그대로 관절이 받을 수밖에 없는 것이다.

어느 정도 무공을 아는 사람이라면 기본적으로 아는 상식이지만 그것을 잠시 근육을 만져보는 것만으로 알아챈 도 노인의 눈썰미는 보통이 아니었다.

"그리고 그 완력이나 속도에 버틸 검은 흔치 않으니 어지간한 검은 몇 자루나 부숴먹었을 테지. 이만하면 됐겠지? 가봐라."

서로의 얼굴을 보면서 놀란 표정을 짓고 있는 일행을 놔두고 도 노인은 그대로 공방 안으로 들어가 버렸다.

셋은 몇 번이나 시선을 교환했다. 한편의 변검이라도 감상한 것 같았다. 결코 길지 않은 대화였음에도 정신없이 몰아친 탓에 제대로 대꾸도 못하고 끌려 다녔다.

동시에 한숨을 내쉰 셋은 발걸음을 돌려 홍가구를 나섰다. 되돌아오는 길에 별말이 오가지는 않았다.

처음으로 말을 꺼낸 것은 무설이었다. 귀를 울리던 시끄러운 망치질 소리가 옅어질 정도로 멀리 걸어 나왔을 무렵, 무설이 작게 비명을 내지른 것이다.

"아!"

"왜 그러십니까?"

무설은 얼빠진 얼굴로 힘없이 입을 열었다.

"…그러고 보니, 길이나 형태에 대해서 설명한 거 없지 않아요?"

셋의 혼란한 시선만이 동시에 지금까지 걸어온 길을 되돌아갔다.

검의 제작에 대해 어떤 것도 말한 것이 없다는 것을 깨닫고 잠시 고민하기는 했지만 다시 홍가구로 돌아가는 일은 없었다.

걱정이 되기는 해도 잠시 근육과 관절을 만져보는 것으로 사용 무공의 종류까지 파악하던 도 노인의 실력이라면, 옆에서 괜한 간섭을 하는 것보다는 나을 것이라는 생각에서였다. …반쯤은 체념이었다.

"갔던 일은 잘되셨습니까?"

단가장에 돌아오니 서이령이 그들을 반겼다. 약의 제조를 끝내고 얼마 지나지 않은 것인지 머리카락이 흩날릴 때마다 상당히 진한 약재 냄새가 풍겼다.

"예, 뭐, 아마……."

잠시 냄새에 취해 있던 단사천은 정신을 되돌렸지만 대답하는 말에 힘은 없었다. 옆에 있던 무설도 기운 빠진 웃음을 흘렸다.

"무슨 일이라도 있으셨습니까?"

서이령이 고개를 갸웃하며 되물었지만 의문을 풀 대답이 돌아오지는 않았다.

"뭐, 긍정하셨으니 좋게 풀렸다고 생각하겠습니다. 그보다, 여기 오늘 저녁 분의 단약입니다. 식후 일다경 이내에 섭취하시고 운기하시면 됩니다."

이후로는 단약에 들어간 약재의 종류와 취급에 대한 짧은 주의를 전한 서이령은 조금 기운 없는 얼굴로 재차 입을 열었다.

"그런데, 정말로 단 공자님의 본가는 장난이 아니군요."

"그래요? 저는 오히려 듣던 것보다 뭐랄까, 소소하달까? 검소한 것 같아서 놀라고 있었는데."

옆에 있던 무설은 의외라는 표정으로 그렇게 답했지만 서이령은 고개를 저었다. 대도에 도착하자마자 밖으로 돌아다니느라 단가의 힘을 느낄 기회가 없던 그녀와 달리 서이령은 이 작은 장원에 남아 있으면서 천하를 움직이는 명문대족의 힘을 느낄 수 있었다.

겉으로 보이는 단아하고 정갈한 장원이 전부가 아니었다. 정원에 놓인 수석 하나, 정원수 하나가 금 수백 냥을 호가했다.

창고에 쌓인 약재는 그녀도 몇 번 본 적 없는 최고급품이었으며, 산삼이 필요할 것 같다고 하인에게 말하니 한 시진도 채 지나기 전에 대도 곳곳에서 십여 뿌리의 산삼이 도착했다. 모두가 다른 가문에서 보내온 물건이었는데 개중에는 백수십 년은 묵은 영약도 있었다.

그 외에도 그녀가 직접 눈으로 본 몇 사례를 설명하자 무설은 작은 감탄사를 내뱉었다.

"그건 대단하네요."

"그렇습니까?"

당사자라 할 수 있는 단사천은 적당히 대답할 뿐이었지만 두 여인은 새삼스레 깨달았다. 단사천의 뒤에 있는 것은 천하에서 첫 손에 꼽히는 명문가라는 것, 그것이 가지는 의미가 생각하는 것 이상이라는 것도.

도 노인이 말했던 대로 나흘이 지나고 다시금 홍가구의 공방을 찾아왔다. 걱정에 발걸음이 무거웠지만 어쨌건 가야 하는 일이었다.

"안에 계십니까?"

도 노인의 공방은 정오가 지난 시간임에도 문이 닫혀 있었다. 그렇다고 안에서 망치질을 하는 소리가 들리지도 않았기에 그 앞에서 잠시 멈춰 있으니 안에서 말이 들렸다.

"들어와라."

방음을 위한 두꺼운 나무문을 열고 안으로 들어가니 공방 중앙의 거대한 화로 앞에 자리하고 있는 도 노인이 바로 보였다.

도 노인의 모습은 나흘 전과 달리 꽤나 힘이 들었다는 기색이 어려 있었다.

듬직한 어깨나 나이답지 않게 부풀어 있던 등 근육이 바람 빠진 가죽부대 같았다.

"여기로, 이쪽이다."

도 노인이 그들을 이끈 곳은 거대한 화로의 불길을 피하기 위해 만들어진 조그만 방이었다. 화로의 열기가 닿지 않는 그 방에 있는 것이라고는 작은 탁자와 그 위 자리 잡은 목함이 전부였다.

도 노인은 탁자를 가운데 두고 단사천 맞은편에 앉았다. 단사천을 바라보는 도 노인의 두 눈에는 다시 한 번, 탐색의 빛이 감돌았다.

잠깐의 침묵이 지나고 도 노인은 고개를 끄덕이며 목함을 큰 동작으로 열어젖혔다.

철컹.

묵직한 소리와 함께 뚜껑이 열렸다.

그 안에서 모습을 드러낸 것은, 검신에서 검병까지 남김없이 검게 물든 검이었다. 새하얀 천에 파묻힌 검은 그에 대비되는 묵색을 뽐냈고 검신에는 희미한 회백색 물결무늬가 새겨져 있는 검이었다.

그 외에는 별다른 세공이 없었지만 그것만으로도 이 검은 이미 작품이었다. 흑요석을 깎아 만든 것 같은 아름다움.

문외한인 단사천의 눈으로도 나흘 만에 만들어질 수 있는 명품이 아니라는 건 금방 알 수 있었다.

나름 병장기를 보는 눈이 있는 무설과 장삼에 이르러서는 소리 없이 입을 벌려 감탄하고 있었다. 그 모습을 보며 도 노인이 씁쓸한 웃음을 지었다.

"한번 들어봐라. 이놈아."

단사천이 고개를 숙이고 탁자위에 놓인 검을 들었다. 무엇으로 만들었는지 손바닥에 절로 감겨드는 검병의 가죽에 놀라고, 검을 들어 올리는 순간 느껴지는 부하에 놀랐다.

'무겁다⋯.'

검신이 그리 길지도 않았고 검폭도 이 촌을 겨우 넘는 수준이었건만 눈에 보이는 것 이상으로 굉장한 무게와 강도(强度)였다.

"굉뢰(轟雷)다. 내구를 중시하느라 백철에 현철을 섞어 만들어서 겉보기랑은 달리 더럽게 무거울 거다. 뭐 네놈 몸뚱이라면 얼마든지 쓸 수 있겠지만 말이다."

확실히 도 노인의 말대로였다. 검의 무게는 같은 부피 강철에 비해 배는 무거웠지만 단사천의 악력과 근력이라면 무겁기는커녕, 딱 좋은 정도였다.

"나가서 몇 번 휘둘러 봐라. 없다고는 생각하지만 고칠 곳이 있으면 들어봐야 하니까."

도 노인의 말대로, 몇 차례에 걸쳐 여러 자세로 내뻗은 굉
뢰는, 그야말로 하나에서 열까지 단사천을 위해 만들어진 작
품이었다. 무광검기까지 동원한 전력은 아니었지만 대기를
찢는 무음에도 아직 손에 익지 않아 생기는 위화감을 제외하
면 작은 이상도 느껴지지 않았다.

슈각! 투욱!

큰 내공의 운용 없이도 시험대로 세워놓은 굵은 통나무가
가볍게 잘려 나간다. 무게와 속도, 예리도가 만들어낸 합작품
이었다.

옆에서 시연을 확인하던 도 노인은 생각 이상으로 빠른 속
도에 놀란 것 같았지만 몇 차례나 반복되자 익숙해진 듯 고
개를 끄덕이곤 입을 열었다.

"특별히 문제가 될 건 없어 보이는구나. 따로 말할 거 없으
면 이제 가봐라."

한 손에 드는 검이라기엔 무겁지만 중심은 확실히 잡혀 있
었고, 예기(銳氣)는 말할 것도 없었다. 무음까지 시험해 보지
는 않았지만, 손에서 느껴지는 강한 반발력은 무설에게 받았
던 빙백검 이상이었다.

단사천에게서 별말이 없자 도 노인은 그들을 들개라도 내
쫓는 듯 대충 손을 휘젓고 첫날처럼 공방으로 발걸음을 돌

렸다.

그 뒷모습에 단사천은 감탄과 당황으로 잠시 잊고 있던 감사의 말을 전했다.

"감사합니다."

짧은 감사의 말에 도 노인은 고개만을 돌려 답했다.

"감사는 개뿔, 돈이랑 재료도 다 받고 한 짓인데 무슨, 그딴 것보다 네놈 칼 만드느라 황실에서 받은 의뢰를 미뤄놔서 바쁘니까 시간 뺏지 말고 얼른 가라."

말은 거칠었다. 다만 탁한 음성에는 장인의 기쁨이란 것인지 확연한 기꺼움이 깃들어 있다.

공방 안으로 사라져가는 도 노인의 등 뒤로 단사천은 길게 읍하며 다시금 감사를 표했다.

도 노인의 말은 빈말이 아니었던 듯 공방의 문이 닫히고 얼마 지나지 않아서 다시금 작아졌던 망치질 소리가 거세지기 시작했다.

까앙! 까아앙!

허리춤에 검을 매다니 묵직한 무게감이 안정감을 선사했다. 포만감에 가까운 느낌, 잠시지만 심중의 걱정도 누그러뜨릴 정도였다.

그 안정이 깨진 것은 그날 저녁, 단목혜가 돌아오면서였다.

"오라버니!"

단목혜는 그렇게 외치며 문을 벌컥 열고 방 안으로 들어왔다.

　그녀는 평소 입던 화려한 비단옷이 아닌, 자수가 없는 밋밋한 연녹색 장삼을 걸치고 패물 하나 달고 있지 않았다.

　익숙하지 않은 그 모습 이상으로 주의를 잡아끄는 것은 급하게 숨을 몰아쉬는, 여유가 없는 안색이었다.

九 . 험로

"지금 요동에 난리가 났어요."

단목혜는 지친 기색이 역력한 얼굴이었다.

하지만 그럼에도 숨을 돌리거나 하는 대신, 그녀는 계속 말을 이어가려 했다.

"지금 요동에, 조선 경계에 있는 장백산에서……."

"잠깐, 천천히 말해도 괜찮습니다. 요동에서 무슨 일이 있었습니까?"

서이령은 단목혜에게 차를 권하며 숨을 돌릴 것을 주문했다.

단목혜는 허겁지겁 받아든 차를 들이키려다 아직 뜨거운 찻물에 혀라도 데인 듯 화들짝 놀랐는데 그 덕에 조금 조급함이 가라앉은 것 같았다.

"자 천천히 말해봐요. 무슨 일이 있었어요?"

단목혜는 숨을 돌리고 조금 차분해진 눈빛으로 입을 열었다.

"지금 요동의 상황이 많이 안 좋아요. 요동 지휘사가 보낸 파발이 왔는데 거기에 쓰이길, 곧 화산이 터질 것 같다는 이야기가 적혀 있었어요."

"화산이요?"

조금 많이 예상을 벗어난 말에 무설의 두 눈이 휘둥그레졌다. 서이령도 별반 다르지 않은 표정.

그들의 예상이라고 해봐야, 마적 떼의 창궐이나 원나라 잔당, 마교도 출몰 정도. 화산 분출은 꿈에도 생각하지 못한 가능성이었다.

차를 마시던 단사천은 기어코 입안의 것을 뿜어 내고 말았다.

"지진이 일어나고 장백산에서는 연기가 치솟는 데다가 얼마 전에는 유황천이 터지고, 바위가 하늘을 날았다는 목격담까지 있어요."

단목혜의 말이 끝났지만 누구도 무어라 말하는 사람이 없었다. 사람은 없었다.

"오호, 그러냐? 이거 운이 좋군."

서이령의 약재 냄새를 피해 잠시 창가로 도망쳤던 현백기가 눈을 빛내며 다가왔다.

단사천이 뿜어낸 찻물을 피해 무설의 머리 위로 올라간 현백기는 웃음을 흘렸다.

"예? 운이 좋다니……."

충격으로 뱉어낸 찻물을 닦아낼 생각도 하지 못하는 단사천을 대신해 무설이 현백기의 말에 반응했다.

모든 자연재해가 그렇지만 화산이라는 것은 특히나 위험한 재앙이다.

나라의 멸망에 관여할 정도의 재액, 아무리 고수라도 일개 인간으로 상대할 수 없는 사태였다.

자연히 아연한 얼굴이 될 수밖에 없었지만 현백기는 히죽히죽 웃으며 답했다.

"그야 운이 좋지. 영지를 찾아다닐 필요도 없으니까."

크게 고개를 끄덕이는 현백기의 모습에 겨우 정신을 차린 단사천이 반응했다.

"그 말씀은 설마……."

부정을 바라는 눈빛이었지만 현백기는 그 기대를 여지없이 깨부쉈다.

"화기(火氣)가 한곳에 모여 쌓였으니 자연히 터져야지. 화산(火山)이란, 화천요원(火天燎原)의 다른 모습이다. 더 생각할 것도 없는 일이지. 그곳이 마지막 영지다."

단사천의 고개가 힘을 잃고 탁자와 격돌했다.

쿠웅!

힘의 가감 없는 충돌에 성대한 소리가 발생했다. 하지만 충격을 받은 것은 다른 세 여성들도 마찬가지. 그녀들도 당황스러운 현실에 입을 다물지 못하고 현백기를 바라볼 뿐이었다.

현백기는 그런 그들을 다독이듯 희망적인 이야기도 꺼냈다.

"너무 걱정 마라. 그 산이라면 터지지는 않을 게다. 자연적으로 화기가 쌓인 게 아니라, 다른 지맥과 영지가 망가지면서 일시적으로 영기가 몰린 탓에 얼마 안 되는 화기가 분화하고 있을 뿐이니까."

그 말대로라면 상정한 최악은 아니었지만, 그렇다고 안심할 수도 없는 말이었다. 뭐라 해도 분화가 있는 건 사실이었고, 마교도들도 화산을 목표로 몰릴 것이라는 소리나 다름없었다.

"일시적이라면 곧 멈춘다는 거죠?"

"이미 몇 백 년 전에 한 번 터졌던 화산이다. 화기가 모였으면 얼마나 모였겠느냐, 그나마도 제 시기에 맞춘 것도 아니고 인공적으로 분화시킨 것이니, 용암이 흘러나오지는 않을 거고, 다른 것들도 짧으면 닷새, 길어도 보름이면 멎을 거다."

"그건 다행입니다만."

현백기의 이야기는 계속 이어졌다.

"아예 신경 쓰지 않아도 될 이야기인 것도 아니지만, 굳이 심각하게 생각할 것 없는 이야기다. 그것보다는 오히려 영지 심부를 어떻게 찾고 들어갈지, 그게 문제지."

요녕이라는 땅. 그나마 명제국의 힘이 미치는 요서와는 달리 요동은 여전히 유목민족들의 땅이다. 유목민들과 마적, 그 사이에서 자위(自衛)를 위해 스스로 거칠어진 사람들.

그리고 무엇보다, 화산이라는 자연재해가 아닌 마교라는 인간재해의 위험은 여전했다.

함부로 움직이기 어려운 도심(都心)에서도 그렇게 날뛰던 마교도들이다. 허허벌판, 무법지대나 다름없는 곳에서 얼마나 날뛸지 짐작할 것도 없었다.

자연히 단사천의 이마에 깊은 고랑이 패일 수밖에 없었다. 옆에 있던 단목혜가 늙어서 주름진다며 쫙 피기는 했지만, 그래도 한곳에 뭉치려는 이목구비를 막을 수는 없었다.

"그래도 가지 않을 수는 없는 노릇입니다."

서이령은 단사천과 파군의 내단이 담긴 철궤를 번갈아 보며 말했다.

세 종류의 영기가 뒤엉킨 단사천의 몸은 이제와 멈출 수 있는 상태가 아니었다. 기호지세.

선택의 여지는 처음부터 없었다.

"너무 걱정하지 마라, 어떻게든 되겠지. 지금까지도 어떻게든 되지 않았느냐."

현백기가 앞발로 탁자에 달라붙어 올라올 줄 모르는 단사천의 머리를 두드렸다.

*   *   *

고민하고 걱정한다한들 시간이 가지 않는 것은 아니었다. 오히려 그렇게 정신을 놓고 있으니 출발의 시간은 순식간에 다가왔다.

살을 에는 찬바람이 부는 새벽, 대문 앞에는 이미 용위단 무사들이 준비를 끝마치고 대기하고 있었다.

"도련님, 준비가 끝났습니다."

말의 고삐를 틀어쥐고 다가온 장삼의 말.

단사천은 고개를 끄덕이며 말에 올랐다.

단사천만이 아니라, 일행 전원이 모두 말에 올라탄 상태였다.

장성 너머, 요동은 무수한 마적과 원 잔당이 날뛰는 곳, 마차 같은 속도도 낼 수 없고 거치적거리는 것보다는 말을 타고 움직이는 것이 좋으리라는 판단에서였다.

모든 준비가 끝날 무렵 단리명과 허씨도 대문을 넘었다. 자식의 배웅을 위해 나선 두 부부의 얼굴에는 걱정과 근심이 가득했다.

"위험한 곳으로 가는구나."

단리명이 천천히 입을 열었다.

"내 힘닿는 곳까지 최대한 노력해 보았다만, 요동에 있는 병마는 움직일 수 없었다. 한창 어수선한 시국이라 낭인들도 더 구하지 못하였고. 기껏해야 통행증이 전부구나."

그렇게 말하며 단리명은 통행증을 위한 노력을 떠올렸다. 열 살도 채 못 된 황손과의 내기를 위해 직접 황궁안 뜰을 돌아다니며 귀뚜라미를 잡아야 했다. 그것도 한 번에 이길 수 없어서 몇 번이고, 몇 마리고…….

단리명은 고개를 세차게 휘저어 머릿속에 가득한 귀뚜라미의 환상을 떨쳐내었다. 지금은 그런 것에 사로잡혀 있을 때가 아니었다.

"네가 우리의 생각보다 대단한 무인이 되었다는 것은 안다. 이제 더는 아이가 아니라는 것도 말이다."

단리명은 단사천의 손을 포개어 잡았다. 허씨도 말없이 그 위로 손을 얹었다.

"하지만 아는 것과 받아들이는 것은 또 다르구나. 절대 무리하지 말거라, 잠은 제대로 자고, 건강히, 몸 조심히 다녀오너라."

서로 간, 눈빛으로 많은 이야기가 오갔다.

"죄송하지만, 무리하겠습니다."

"사천아."

"고생하겠습니다. 젊어서 고생을 해야 늘그막에 유유자적 살 수 있는 거니까요."

대답을 듣기 전에 빠르게 쏘아붙였다.

"싸우고 이길 겁니다. 그래서 산적이고 마인이고 제 이름만 들어도 도망가게 만들 겁니다."

얼마 전까지만 해도 각오는커녕, 최소한의 의지도 없었던 그였고, 여러 인연을 만나 어떻게든, 여기까지 온 단사천이었다.

좋은 일, 좋지 않은 일, 무수한 일과 인연이었지만 모두가 이곳까지 오게 만들어주었다.

이제는 어렴풋한 두려움을 모두 날린 단사천이었다.

단사천은 씩 웃었다.

"그러니까, 기다리고 계세요. 다친 곳 없이, 건강하게 돌아오겠습니다."

고개를 끄덕이고, 뚜렷한 의지로.

"다녀오겠습니다."

*   *   *

단가의 전각과는 십 리는 떨어진 곳에서 괴인은 일어섰다. 괴인이 자리한 곳은 높은 지대, 그중에서 가장 높게 세워진 전각의 지붕이었다.

매섭게 몰아치는 삭풍에도 흔들림 없이, 가만히 단가장이 있는 방향을 노려보던 괴인은 훌쩍 지붕에서 뛰어 내렸다. 상당한 높이였음에도 땅에 닿은 괴인의 발은 일체의 소음 없이 조용했다.

착지 후 잠시 주변을 살핀 괴인은 너덜너덜한 흑색 장포를 뒤집어쓴 모습 그대로, 전각의 그림자에 스며들었다.

괴인은 빛이 들지 않는 음지를 따라 빠르게 움직였다. 대낮이라도 무수한 전각이 난립한 대도에 빛이 들지 않는 곳은 넘쳐났다.

그림자에서 그림자로, 계속해서 이동하던 괴인이 다시 모습을 드러낸 곳은 대도 외곽의 빈민가 아편굴에서였다.

새벽녘부터 자욱하게 피어오른 것은 안개를 대신한 아편의 연기였고 그 사이사이에 쓰러져 있는 것은 시체가 아니라 아편에 중독된 밑바닥 인생들이다.

간신히 숨은 쉬고 있지만 살아 있는 것도, 죽은 것도 아닌 삶. 팔이나 다리를 지르밟아도 고통조차 느끼지 못하는 산송장이었다. 산송장과 아편의 연기를 헤치고 심부로 들어서니 아편의 연기가 닿지 않은 맑은 공기로 가득한 공간이 나타났다. 그 안에는 상당한 풍채의 사내가 있었다.

사내가 입고 있는 것은 상당한 품질의 비단옷이었는데, 이런 밑바닥에 어울리는 복장은 아니었다.

다만 괴인은 그 모습에 신경 쓰는 대신 곧장 사내 앞에 자리 잡고 앉았다.

마주하고 앉으니 사내의 체격이 더욱 돋보였다.

거인이라고 불러도 좋을 거대한 체격. 범인이라면 보는 것만으로 위압감을 느낄 법한 모습이었으나 괴인은 흥미 없는 눈이었다.

"목표가 움직였다."

사내의 시선이 그에게 향했을 때, 괴인이 스산한 목소리로 말했다.

"드디어 움직였나."

크게 어깨를 휘돌리는 청의 사내였는데, 어깨가 움직일 때마다 절그럭거리며 철편이 부딪히는 소리가 조용한 아편굴을 울렸다.

"놈들은 전원 말을 타고 움직인다. 늦으면 쫓기 힘들어지겠지."

괴인의 말에 청의 사내는 얼굴을 찡그렸다.

얼굴 표정의 변화에 따라 얼굴 가죽이 미묘한 위화감을 만들어냈다.

"말? 그럼 요동으로 가는 건 확실하겠군. 뒤쫓기는 조금 힘들어지겠는데."

이목을 피해야 하는 그들이 관도를 따라 내달리는 기마를 따라잡기는 버거웠다. 하지만 이미 예상했다는 듯 괴인은 곧 답했다.

"이미 배편은 수배해 뒀다. 너희는 수로로 먼저 가서 준비하고 있도록 해라."

"배?"

"천진에서 곧장 단동으로 향하는 배다."

"거기서 북상인가, 그런데 우리가 배를 쓰면 네 녀석들은?"

"너희들이 자리 잡을 때까지 시간을 끈다. 놈들이 장성을 넘는 순간부터 계속해서 우리 교의 꼭두각시들이 달라붙을 거다."

청의 사내가 눈을 가늘게 뜨며 못마땅한 얼굴로 입을 열었다.

"또 그 짓이냐? 고독이니 인질이니 그러니까 네놈들은…

아니 뭐 됐다. 우리는 우리의 대리자께서 명하신 일을 할 뿐이니. 대적자의 발을 묶는 건 너희에게 맡기겠다."

무어라 말하는 대신 사내는 그대로 자리에서 일어섰다.

덩치와 근육에 어울리는 키, 천장에 거의 머리가 닿을 정도였다. 철탑 같은 사내가 일어서자 좁은 방 안이 가득 차는 것 같았다.

"먼저 가보겠다."

괴인이 들어온 길과는 다른 길로 사내가 사라지자 괴인도 곧 자리를 떴다.

아무도 남지 않은 방이 바깥에서 스며드는 아편 연기에 새하얗게 변하는 것은 그리 오랜 시간이 필요하지 않았다.

＊　　　　＊　　　　＊

요동행이 순탄할 거라는 생각은 처음부터 하지 않았다. 명백하게 관의 통제를 벗어나는 장성 바깥으로 나가는 만큼, 지금까지 이상으로 골치 아픈 상황에 직면하게 되리라는 것도 각오하고 있었다.

다만.

두두두두두!

"끼럇!"

"끼라라라락!"

그렇다고는 하지만, 장성을 넘고 반나절도 지나지 않은 시점에서 명백한 적의를 지닌 자들이 앞을 막아선다는 것은 예상 외였다.

앞으로 펼쳐질 고난에 대한 예고인 듯 머리가 아파왔다. 유일한 위안은 그 마교의 광신도들이 아니란 것뿐.

산해관을 지난, 허허벌판에서 그들의 앞길을 막아선 것은 편곤에서 언월도, 활과 석궁. 누군가는 갑주를 걸치고 누군가는 누비 솜옷뿐인 제각각의 무기와 옷차림으로 어지럽게 섞인 통일성 없는 무리였다.

한인, 여진족, 조선인… 인종조차 규칙 없이 섞여 있었는데 그야말로 오합지졸, 군기도 희미한 자들이었다.

숫자는 일행의 몇 배나 되었지만, 큰 위험이 느껴지지는 않았다.

"마적?"

"무공을 익힌 낌새는 없으니, 아마 그런 것 같습니다만……."

단사천의 의문에 답한 관일문은 말끝을 흐렸다. 그의 상식으로는 이런 곳, 군부대가 근처에 주둔하고 있는 곳에서 영업을 하는 마적은 있을 수가 없었기 때문이다.

"뭐 마적이라면 몇 푼 건네주는 걸로 끝날 겁니다. 이쪽도 결코 숫자가 적지 않으니 제대로 정신이 박혀 있는 놈들이라면 섣부르게 움직이지는 않을 테죠."

관일문은 그렇게 말하며 말을 몰아 선두로 나섰다.

"우리는 절강성 허가장의 용위단이다! 귀인을 모시고 있기에 굳이 피를 보고 싶지 않으니 관례대로 통행세를 지불하고 싶다!"

쩌렁쩌렁하게 울리는 고함에 마적들의 말이 거세게 투레질 쳤다.

히히힝!

간신히 말을 진정시킨 마적들의 눈과 반응도 말들의 것과 별반 다르지 않았다.

공포로 크게 뜨인 눈, 소름이 돋은 피부. 한껏 겁에 질린 모습이었지만 그럼에도 뒤로 물러서는 자는 없었다.

"도, 돈이 될 만한 것을 모두 놓고 가라!"

목소리를 돋워 외치고는 있지만 패기가 없다. 하다못해 살기나 욕망도 제대로 담기지 않은 목소리. 겁에 질린 얼굴로 어딘가를 곁눈질하는 모습이었다.

"이곳에는 점창파의 진인들께서도 계신다. 너희들이 감당할 수 있겠느냐! 괜한 욕심을 부려 굳이 피를 볼 셈이냐!"

관일문의 외침에는 강한 의지가 담겨 있었다. 사자후나 창룡음 같은 전문적인 음공에 비할 바는 아니었지만, 일초반식 제대로 익히지 못한 삼류 마적들이 상대라면 몇 발짝 물러나게 하는 것은 어렵지 않았다.

"클클클, 그래서다. 그래서야."

이번에 대답한 것은 마적들의 우두머리가 아니었다. 유일하게 뒤로 물러서지 않는 자. 비가 오지도 않건만 짙은 회색 유삼을 걸친 괴인이었다.

"누구냐! 이름을 밝혀라!"

괴인은 난발한 머리를 뒤로 묶어 얼굴을 드러냈는데 입가에는 조소를 머금고 있었다.

"본인은 인흠로(忍欽盧)라고 한다. 분에 넘치지만 혈신교에서 장로직을 맡고 있지."

괴인, 인흠로의 발언과 함께, 마적들 사이에서 회색 유삼을 입은 괴인들이 차례로 모습을 드러냈다.

총 숫자는 열 명, 얼마 되지 않는 숫자지만 전신에서 풍기는 위험한 냄새에 관일문의 안색이 변했다.

"마교⋯⋯!"

"알고 있으면 되었다. 괜한 대화는 필요 없겠지?"

따악!

인흠로가 손가락을 튕기는 것과 함께 마적 떼의 후미에서 섬뜩한 파육음이 들렸다. 전면에 나선 십 인의 괴인들이 내뿜는 것과 비슷한 흉험한 기세가 그곳에서 연기처럼 피어오르고 있었다.

"시, 시발!"

"젠장, 난 죽기 싫어!"

예고 없이 시작된 죽음에 마적들의 얼굴에 남아 있던 일말의 여유마저 사라졌다. 공포에 잠식된 마적들을 향해 인흠로는 나직하게 중얼거렸다.

"그럼 가서 싸워라, 놈들이 죽으면 너희는 살 수 있으니까."

말과 함께 바로 옆에 서 있던 마적의 목을 베어낸다.

그것이 신호가 되어 마적 떼들은 일제히 달려들기 시작했다.

'수는 보이는 것만 두 배, 보이지 않는 것을 합치면 다시 그 두 배인가.'

수적 열세임은 관일문도 잘 알고 있었다. 그의 얼굴에 결연한 표정이 맺혔다.

절강의 왜구들을 상대로도 무공을 쌓은 용위단이다. 이 정도의 마적들에게 당할 자는 없었다. 눈먼 칼에 맞는 경우야 생길지 모르지만 문제 될 정도는 아니다.

문제는 회색 유삼의 괴인들.

인흠로, 들어본 적 없는 이름이나, 혈교의 악명, 마적들의 반응을 생각하면 안심할 수 없는 자들이 분명했다.

하지만 물러서고픈 마음은 추호도 없었다.

뒤에 있는 것은 그들이 모시는 주인의 유일한 외손주. 그를 위해 목숨을 던지는 각오를 다지는 것은 당연한 일이랄 수 있었다.

관일문이 검을 앞쪽으로 겨누자 용위단원 셋이 그의 뒤에 시립하듯 섰다.

"끼라라라락!"

"죽어!"

"놈들을 죽여!"

그들을 포위하고 달려드는 무리가 발하는 소리에는 유목민족 특유의 날카로운 소성과 절박함이 깃든 외침이 섞여 있었다. 공포에 이성이 마비되어 자포자기한 자들이었다.

그와 대비되듯 관일문과 용위단원들은 담담한 신색을 유지한 채 냉정하게 검을 빼들며 마주 내달렸다.

"참(斬)!"

각양각색의 복장을 한 험상궂은 마적들이 거칠게 초원을 내달리는 것을 보고 단사천은 강한 두통과 속 쓰림을 느꼈다.

'여기서도 팔자가 사나운 건가? 편할 날이 없네.'

"사제! 앞을 보게!"

일도가 하늘을 올려다보며 신세한탄을 시작한 단사천에게

다급히 외쳤다.

"하아……."

단사천은 자신을 챙기는 일도에게 힘 빠진 미소를 지은 뒤, 한숨을 내쉬었다.

"뒈져라 호랑말코!"

털가죽 옷을 입은 마적 하나가 일행의 중심에 있는 일도를 향해 몸을 날려 뛰어올랐다.

이미 사방에서 난전이 시작된 탓에 용위단이 만들어낸 저지선을 뚫고 들어온 자들은 많았고, 호위무사들이 손쓸 수 있는 숫자에는 한계가 있었다.

그것을 막을 수 있었을 관일문과 장삼은, 일부러 움직이지 않았다. 그들의 시선은 삼류 마적들이 아니라 위험한 냄새를 풀풀 풍기는 회의 괴인들에게 고정되어 있었다.

찌르릉!

요란한 쇳소리.

마적의 손에 들린 구환도의 고리들이 만들어 내는 난잡한 소리였다.

수직으로 내려쳐지는 구환도는 일도의 몸을 반으로 가를 기세였다.

일도는 재빨리 신형을 우측으로 빼내었다. 이어 검을 날카로운 기세로 내뻗었다. 대단한 묘리도 힘도 필요 없었다. 말의 속도를 죽이지 못한 마적은 그대로 일도의 검에 어깨를 꿰뚫리고 말았다.

"크아아악!"

커다란 체구만큼이나 큰 목소리로 비명을 내지르는 산적.

'위험해 보이는 자들은 움직이지도 않고, 틈을 찾는 건가?'

다만 단사천의 시선은 마적들 너머에 있는 괴인들을 향해 있었다. 후미에 있던 자들까지 모인 것인지 이제 숫자는 삼십 정도가 된 자들.

단사천의 시선이 그들을 향하고 있는 사이 낭아봉을 든 마적 하나가 머리를 찍어왔다.

상대의 어깨를 꿰뚫었던 검을 회수하던 일도가 그 모습을 보고 소리를 질렀다.

"단 사제!"

단사천이 눈을 돌렸다.

잔뜩 인상을 쓰고 덤벼는 마적의 얼굴이 바로 보이고, 시선이 맞물렸다. 단사천이 가볍게 손을 뻗었다.

검집째로 휘두른 굉뢰가 무광검도의 검로를 따라 휘둘러졌다.

퍼억.

마적의 머리가 뒤로 젖혀지며 그대로 튕겨나가듯 말에서 반 바퀴 돌아 뒤로 곤두박질쳤다.

"······!"

일도의 눈이 휘둥그레졌다.

'아, 안 보인다?'

길게 내뻗은 검집을 보면 분명 단사천은 저것을 뻗어 마적을 가격했을 것이다. 하나 일도의 안력으로는 그 움직임을 포착하지 못한 것이다.

점창파의 쾌검을 다루며 나름 안력에 자신이 있는 일도였기에 그 충격은 더했다.

'아니 집중하지 않아서 그런 것일······.'

변명하듯 생각하는 와중에 자신의 앞에서 신음하는 마적을 내버려 두고 일도는 다시금 눈을 크게 떠야 했다.

퍼억!

또 한 명, 검집에 얻어맞은 마적이 허공을 돌아 말에서 떨어진다.

퍼억!

소리 한 번에, 마적이 한 명.

계속해서 파고드는 마적들이었지만 어느새 열 명이 넘는 숫자가 바닥을 구르고 있었다.

그리고 그 열 번의 검격 중 일도의 눈이 잡아낸 검격은 단하나도 없었다.

퍽! 퍼억!

연이어 두 명의 마적이 떠오르고 떨어진다. 어느새 단사천을 중심으로 공백이 생겨 있었다.

"괴, 괴물이다!"

마적 중 하나가 단사천을 무기로 가리키며 외쳤다.

삼류도 되지 못한 그의 눈에는 단사천이 한가롭게 말을 몰아 돌아다니는 것만으로 보였다. 그런데 그에게 달려든 동료들이 마치 무형의 무엇인가에 끌려가듯 뒤쪽으로 날아가 뒤집힌다.

그 모습을 보고 겁에 질리는 것은 당연한 일일지도 몰랐다.

일순 주목을 받게 되자 개중에 겉핥기로나마 무공을 배운 거친 마적들이 단사천에게 몰려들었고 마적이 아닌 다른 자들의 시선도 끌어 모았다.

점창산에서 무도를 닦는 자라면 누구나 쾌검의 끝을 보기 위해 노력한다.

분광검과 사일검은 그런 과정에서 태어났고 또 수백 년의 시간에 걸쳐서 개량되어 왔다. 내공심법은 물론이고 보법, 단련 방식에 이르기까지 점창파의 무공은 모든 것이 쾌(快), 한 글자를 위해 존재했다.

점창파 특유의 얇은 세검도 그런 과정에서 만들어진 것이다. 내구도를 희생해서 얻은 가벼움과 날카로움. 그야말로 쾌검을 위해 만들어진 검이었다.

퍼억!

당연한 말이다.

무거운 것은 느리다. 큰 것은 둔하다.

퍽! 퍼억!

그럼 저건 뭐란 말인가.

일도의 눈이 이미 허공을 덧그리고 사라진 단사천의 궤적을 쫓았다.

본신(本身)은 쫓지 못한다. 잔흔만을 더듬는다. 쾌검을 위해 만들어진 검이 아니다. 아니 검조차 아니다. 검갑을 덧씌운 채, 그대로 휘두르고 있다. 그럼에도

'언제 뽑았지? 언제 넣은 거지? 하나도 안 보여.'

빠르다.

퍼억!

마적의 몸이 또 허공을 빙글 돌아 땅바닥에 추락한다.

"도야, 싸우는 한복판에서 넋을 놓다니. 무슨 생각인 게냐. 눈먼 칼 하나도 조심해야 할 곳이다."

나직한 목소리에 놀라 뒤를 돌아보니 어느새 다가온 것인지 마적 둘이 쓰러지고 있었다. 마적이 쓰러지며 보인 것은 길게 검을 내뻗은 무양자의 옆모습이었다.

"죄, 죄송합니다."

무양자가 아니었다면 큰일이 날 뻔한 순간이었다.

난전 와중에 정신이 팔렸다고는 하나, 말을 탄 마적의 접근까지 감지하지 못했다는 것은 변명의 여지가 없는 실책이었다.

"죄송할 건 무어냐."

그렇게 말한 무양자는 말 위에서 뛰어 올라 한쪽으로 몸을 날렸다. 이윽고 검집과 검을 반대 방향으로 베어냈다.

궤적에 걸리는 두 마적이 쓰러지고 마적의 목표가 드러났다.

일향과 일양, 둘의 시선도 단사천을 향해 있었다.

"죄송합니다!"

"가, 감사합니다!"

자신과 다를 바 없는 둘의 모습에 새어나온 실소에는 쓴맛이 섞여 있었다. 그리고 보면 지금 단사천의 모습에 놀라 얼이 빠진 것은 셋이 전부였다.

단사천을 과소평가하던 사람들만이 놀라 당황하고 있었다.

'편견에 사로잡혔었군.'

깨달음이랄 것도 없는 감상이었다. 조금은 후련해지는 것 같은 기분이 들었지만 역시 그뿐. 그리고 그것과는 별개로 점창제일검인 사백에 대한 작은 앙심이 생기는 것은 어쩔 수 없었다.

'성격상 분명 알고도 가르쳐 주지 않으신 거겠지.'

불평 한마디 정도는 내뱉고 싶었지만 이미 불평의 대상은 저 앞으로 뛰쳐나간 뒤였다.

마적들이 반수 이상 바닥에 누웠을 무렵, 유흠로의 고리눈이 일그러졌다. 한참을 단사천을 노려보던 유흠로는 작지만은 않은 목소리로 중얼거렸다.

난전 중, 누구도 들을 수 없는 소리였으나 그 뒤 이어진 결과는 전황을 뒤바꾸기 충분한 것이었다.

"쓸모없는 버러지들 같으니, 틈 하나도 제대로 못 만드는군."

그새 숫자는 더 늘어나서 이제는 마흔세 명이나 되는 괴인들이 일제히 움직이기 시작했다.

기척도, 소리도 없이 뛰어오른 괴인들의 목표는 대열의 중앙에 있는 단사천이었다.

전신에 희뿌연 안개 같은 귀기를 두른 괴인들이 매서운 기세로 달려들었지만 대응은 한순간이었다.

마적들을 상대할 때와는 달리 망설임 없이 검집을 뛰쳐나간 묵색의 굉뢰가 허공을 갈랐다.

퀴이잉 펑! 퍼펑!

"크르륵!"

귀청을 울리는 폭음이 울려 퍼졌다. 뛰어오를 때 이상의 속도로 튕겨나간 괴인들의 입에서 인간 같지 않은 신음성이 튀어나왔다.

'상당히 단단해. 그대로 베어버릴 생각이었는데 오히려 손만 아프다니.'

전력은 아니었어도 무음까지 사용했다. 일반적인 인간의 몸이라면 그대로 뜯겨나가도 이상할 것 없는 힘이 담긴 검격이었지만, 괴인들의 몸에 닿은 검은 섬뜩한 감촉이 아닌 바위를 두드린 것 같은 충격만을 전했다.

"크륵!"

"키라락!"

튕겨나간 괴인들은 피해를 입지 않은 듯 다시금 사방에서 덮쳐왔다. 마적들 사이에 섞인 것이 셋, 위로 뛰어 오른 것이 둘.

단사천은 제자리에서 그들을 맞이하기보다는 요격하는 쪽을 선택했다. 한 걸음 크게 앞으로 내딛자, 사정거리는 그만큼 늘어난다.

이번에는 직전보다 더 이른 지점에서 괴인들을 향해 검을 뻗었다.

콰아아앙!

강렬한 폭음과 함께 다시 방금의 재현이다. 튕겨나간 괴인들은 숫자를 늘리고 점하는 방위를 복잡하게 얽어 달려든다.

몇 괴인들은 사람들의 틈새에 숨어든 탓에 하나의 궤적으로 이어 베어 내기 어려운 움직임이었다.

"벨 수 없으면 찔러 꿰어야지."

그렇게 중얼거리는 사이, 괴인들은 다시 지척까지 이르렀다. 다시 일 보, 앞으로 걸으며 가장 먼저 달려드는 괴인들을 전처럼 강하게 날려 버렸다.

야간의 시간을 두고 달려든 마지막 괴인에게는 목덜미에 연거푸 세 번의 검격을 꽂아 넣어줬다.

정확히 한군데를 노리는 검격은 괴인의 목덜미에 깊은 상흔을 남겼다.

콰직! 푸샤아악!

인간의 몸이라고 생각하기 힘든 소리와 함께 깨진 피부 사이로 새까만 진흙 같은 무엇인가가 흘러나왔다.

'검은색?'

상식을 벗어나는 현상에 대한 감상보다도 뒤로 물러나 거리를 확보하는 것이 먼저였다. 목을 꿰뚫렸으니 쓰러져 있어야 할 괴인은 예의 검은 진흙을 줄줄 흘리며 아무렇지 않게 서서는 그대로 손을 뻗어왔다.

사람의 모습을 하고 있을 뿐. 결코 사람일 수 없는 행동이었다.

"설마 강시?"

단사천은 얼굴을 굳히며 중얼거렸다.

'정말로 있는 거였어?'

그에게 있어서 강시란 산해경나 나오는 신화고사(神话故事)일뿐이었다.

도문에 속가제자로 들어갔다고는 하지만 근간은 유가의 자제, 괴력난신을 논하지 않는 것이 기본이었다.

…아주 가끔 천지신명을 찾으며 건강기원 부적을 쓰는 것은 예외로 치지만.

"끄웅."

당황을 정리하고 있으니 어느새 앞을 막은 강시는 열로 불어났다. 슬쩍 주변을 돌아보았지만 손을 빌릴 수 있을 만한 사람은 없었다.

장삼과 관일문은 각자 셋의 강시를 상대하고 있었고 일성도 셋, 나머지 점창파 제자들은 각자 하나의 강시를 상대하고 있었다.

무양자에 이르러서는 남은 강시 전부와 그들을 이끄는 듯한 짙은 회의의 괴인이 앞을 막고 있었다.

"혼자 해결하는 수밖에 없다 이거지."

손에 힘들이 들어가고 검병에 감은 가죽이 거세게 뒤틀리는 소음이 났다.

쿼이이이잉! 파파팡!

"카라락!"

이어지는 격발은 순간이었다. 연달아 내친 십여 개의 참격이 강시 하나의 목을 부수고 뜯어냈다.

머리를 잃은 몸은 그대로 땅으로 쓰러졌고 더는 움직이지 않았다. 깨진 사기 같은 절단면에서 가득 들어찬 검은 진흙 같은 마기가 흘러나왔다.

"이쪽은 급하다. 빨리 끝내자."

*   *   *

임전태세(臨戰態勢)에 들어선 단사천의 기도는 주변의 공기를 단단하게 굳혀 멈춰 버렸다. 바늘처럼 올올이 뻗은 기도는 피부마저 도려낼 것처럼 예리했다.

각오를 다진 이후의 단사천은 그 어느 때보다도 완벽하게 날을 벼린 상태였다.

그 의지를 마주하지 않는 마적들은 다리가 후들거릴 정도로 굉장한 기백이기는 했으나, 상대인 강시들은 그런 것을 느끼고 두려워할 만큼 섬세하지 못했다.

"캬아아아!"

짐승 같은 몸놀림으로 달려드는 그것의 빈틈에 검을 꽂아넣는다. 두 번의 베기와 두 번의 찌르기가 한 점에 겹치자 또 강철보다 단단하게 굳은 강시의 피부를 깨부수고 그 안의 마기를 뽑아내었다.

"흡!"

채챙!

반대 방향에서 짓쳐든 강시를 향해 검을 뻗었는데 이번에는 손톱에 걸리며 날카로운 금속성을 만들어냈다. 강시는 얼마 없는 이지로 검을 붙들려 했으나, 너무나 늦은 반응이었다.

콰직! 쿠가가각!

손을 오므리기도 전에 빠져나간 검은 그 찰나에 벌써 여섯 번이나 되는 참격을 양팔에 남겼다.

칼자국이 새겨지고 균열이 생기면 그 사이를 다시 검격이 비집고 들어간다. 또 하나의 강시가 움직임을 멈췄다.

남은 것은 일곱, 무력은 대단치 않으니 얼마 되지 않아 정리될 것 같았으나, 갑자기 날카로운 피리 소리와 함께 강시들이 훌쩍 뒤로 물러났다.

너무 뜬금없는 후퇴에 단사천은 추격의 검초를 펼치는 대신 멀뚱히 멀어지는 강시들을 바라볼 뿐이었고 이는 다른 곳도 마찬가지였다.

일제히 자신의 상대와 거리를 벌린 강시들은 본래 서 있던 곳까지 물러났다. 극히 짧은 교전인 탓에 대부분의 강시들이 멀쩡한 모습이었는데 무양자를 상대했던 강시들만은 반각도 되지 않는 그 짧은 시간 동안 삼 할 이상이 목이 떨어져나간 상태였다.

"어딜 마음대로 가느냐!"

무양자는 그렇게 외치며 쫓아 들어가려 했지만 갑자기 사방에서 들린 불길한 소리에 제자리에 멈춰 서서는 주변을 돌아봐야 했다.

"커허억!"

"히히힝!"

고통스러운 신음의 근원은 말과 마적들이었다.

고통에 몸부림치며 붉은 피를 토하더니 종국에는 발작적으로 몸을 떨고, 끝내 숨이 멎었다.

독. 그것도 저 모습으로 볼 때 꽤나 위험한 부류의 것이 분명했다.

"강시 시체랑 거리를 벌려라! 그 검은 것! 만지지 마!"

관일문이 크게 외쳤다. 강시의 부서진 시체에서 흘러나오는 검은 진흙 같은 것은 마기가 듬뿍 섞인 독지의 그것이었다. 개활지인 이곳에서는 그리 큰 힘은 발휘하지 못하겠지만,

그렇다 해도 저 마적들처럼 가까이 있다가는 순식간에 중독될 수 있었다.

그렇게 모두가 강시의 시체에서 벗어나려다 보니 잠깐의 혼란이 생겼다.

틈을 포착한 유흠로의 고리눈이 빛났고 혈교의 괴인과 강시들은 그 짧은 틈새를 비집고 빠져나가 초원 동쪽으로 도망쳤다.

뒤도 돌아보지 않는 망설임 없는 도주였는데 준마의 그것에 비견되는 속도였다.

"추적은… 필요 없겠지."

무양자는 장삼과 시선을 교환하며 뒤를 쫓으려던 일성과 패천방 무사들을 말렸다.

이미 상당히 거리가 멀어졌다. 쫓으려면 쫓을 수는 있겠지만 함정일 가능성도 생각해 두어야 했다.

그리고 무엇보다 지금 가장 중요한 목적은 장백산까지 안전하게 가는 것이었다.

괴인이 도망치자, 마적들도 그들의 도주를 막는 자가 없어진 것을 깨닫고는 혼비백산하여 사방으로 도망치기 시작하였다.

얼마 지나지 않아 자리에 남은 것은 독기를 피워내는 강시의 시체와 움직일 수 없어 버려진 마적들, 그리고 단사천 일행뿐이었다.

"우리 쪽 피해는 어떤가?"

"경상은 꽤 있습니다만, 중상자는 없습니다."

"흐음. 다행이구먼."

관일문의 말에 장삼은 잠시 턱을 괴고 고민했다. 그러다 사방에 쓰러진 마적들의 시체와 말의 시체에 눈이 닿았다.

인명 피해는 없었다. 무사들은 전원 무사. 하지만 그 외의 것에서 문제가 발생했다.

"그런데 지금 문제는 말이로군. 쓸 수 있는 말은 얼마나 남았나?"

"마적들의 말까지 회수해 봤습니다만 제대로 달릴 수 있는 말은 스무 마리밖에 없습니다. 나머지는 전멸입니다."

관일문은 고개를 절레절레 내저었다.

강시의 시체에서 퍼지던 독기는 생각보다 강하지 않았다. 하지만 그건 내공으로 스스로를 보호할 수 있는 자들에게나 그러했고, 말 같은 경우에는 한 호흡 들이마신 것만으로도 폐가 망가져 더 달릴 수 없는 상태가 되었다.

처음부터 말을 노린 것이 아닐까 싶을 정도였다.

"끙, 인근에서 말을 구할 수 있는 곳은 없겠는가?"

장삼이 한탄하듯 말하자 관일문이 곧바로 부정했다.

"있을 리가요. 북방 원정이 코앞인데 여진족들을 상대로 하는 마시(馬市)가 열릴 리가 없지 않습니까. 만약 열린다고 해도, 조선의 국경까지 가야 할 겁니다."

"그냥 움직이는 게 낫겠군."

"속도야 상당히 줄겠지만, 어쩌겠습니까. 그래도 심양까지만 가면 급한 대로 말을 구할 수 있을 겁니다."

관일문과 장삼이 대화를 나누는 동안, 전장의 뒷정리가 끝났다. 시체를 한곳에 묻고 조금 솟아오른 봉분을 만드는 것을 끝으로 무사들은 뒤로 물러났다.

평소의 가벼움은 찾아볼 수 없는 엄숙한 모습의 무양자가 앞으로 나섰다.

소매가 기다란 도복을 걸치고 나타난 무양자는 무거운 목소리로 진혼주를 읊기 시작했다.

"…그 육을 대지에 안장하니 영은 천존께 맡기오며……."

한마디, 한마디의 진혼주가 사방으로 퍼져나갈 때마다 무양자가 손에 든 지전도 불길에 휩싸여 타들어갔다.

타고 남은 재는 그대로 초원의 바람을 타고 허공을 날았다.

간이 장례는 오래지 않아 끝났고 일행들은 곧바로 출발했다.

피해는 없었다고 해도, 싸움의 뒤였다. 피로가 없을 리 없었지만, 일행들은 피로조차도 익숙하게 받아들여 지체 없이 움직이기 시작했다.

푸르르르.

피와 죽음에 흥분한 말들만이 투레질하며 보챌 뿐이었다.

장백산까지 남은 거리는 약 천오백 리. 상당히 길고 험난
한 길이 될 것 같았다.

『보신제일주의』5권에 계속…

이제부터 전자책은

이젠북

www.ezenbook.co.kr

새로운 세계가 열린다!

김재한 『성운을 먹는 자』	철백 『대무사』
니콜로 『마왕의 게임』	가프 『궁극의 쉐프』
이경영 『그라니트:용들의 땅』	문용신 『절대호위』
탁목조 『일곱 번째 달의 무르무르』	천지무천 『변혁 1990』
강성곤 『메이저리거』	SOKIN 『코더 이용호』

이름만 들어도 황홀할 정도의 별들의 향연!

이들의 "유료연재"가 시작됩니다!

검색창에 **이젠북**을 쳐보세요! ▼

초대형 24시 만화방

신간 100%, 샤워실, 흡연실, 수면실(침대석), 커플석, 세탁기 완비

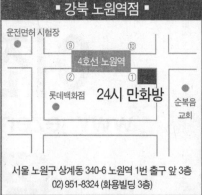

■ 강북 노원역점 ■

운전면허 시험장
4호선 노원역
롯데백화점　24시 만화방
순복음 교회

서울 노원구 상계동 340-6 노원역 1번 출구 앞 3층
02) 951-8324 (화용빌딩 3층)

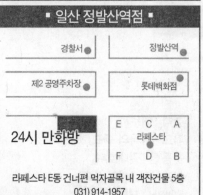

■ 일산 정발산역점 ■

경찰서　정발산역
제2 공영주차장　롯데백화점
24시 만화방
E　C　A
라페스타
F　D　B

라페스타 E동 건너편 먹자골목 내 객잔건물 5층
031) 914-1957

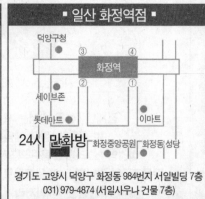

■ 일산 화정역점 ■

덕양구청
화정역
세이브존
롯데마트
24시 만화방　화정중앙공원　화정동 성당
이마트

경기도 고양시 덕양구 화정동 984번지 서일빌딩 7층
031) 979-4874 (서일사우나 건물 7층)

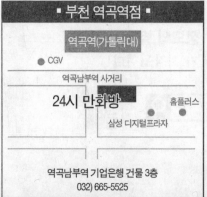

■ 부천 역곡역점 ■

역곡역(가톨릭대)
CGV
역곡남부역 사거리
24시 만화방
홈플러스
삼성 디지털프라자

역곡남부역 기업은행 건물 3층
032) 665-5525

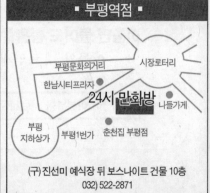

■ 부평역점 ■

시장로터리
부평문화의거리
한남시티프라자
24시 만화방
나들가게
부평 지하상가
부평1번가
춘천집 부평점

(구)진선미 예식장 뒤 보스나이트 건물 10층
032) 522-2871

FUSION FANTASTIC STORY

성운을 먹는 자

김재한 퓨전 판타지 소설

『폭염의 용제』, 『용마검전』의 김재한 작가가 펼쳐 내는
이제까지와는 전혀 다른 새로운 이야기!

『 성운을 먹는 자 』

하늘에서 별이 떨어진 날
성운(星運)의 기재(奇才)가 태어났다.

그와 같은 날,
아무런 재능도 갖지 못하고 태어난 형운.
별의 힘을 얻으려는 자들의 핍박 속에서 한 기인을 만나다!

"어떻게 하늘에게 선택받은 천재를 범재가 이길 수 있나요?"
"돈이다."
"…네?"
"우리는 돈으로 하늘의 재능을 능가할 것이다."

Book Publishing CHUNGEORAM

유행이 아닌 자유추구 -

WWW.chungeoram.com

이경영 판타지 장편소설

FANTASY FRONTIER SPIRIT

그라니트

용들의 땅

G R A N I T E

사고로 위장된 사건에 의해 동료를 모두 잃고 서로를 만나게 된 '치프'와 '데스디아'.
사건의 이면에 상식을 벗어난 음모가 있음을 알게 된 둘은
동료들의 죽음을 가슴에 새긴 채 각자의 고향으로 돌아간다.
2년 후, 뜻하지 않게 다시 만난 두 사람은 동료들의 복수를 위해
개척용역회사 '그라니트 용역'을 설립해 다시금 그 땅을 찾게 되는데……

용들이 지배하는 땅 그라니트!
그곳에서 펼쳐지는 고대로부터 이어지는 운명적 만남,
깊어지는 오해, 그리고 채워지는 상처.

『가즈 나이트』시리즈 이경영 작가의 미래형 판타지 신작!

Book Publishing CHUNGEORAM

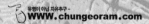

유행이 아님 자유추구 -
WWW.chungeoram.com

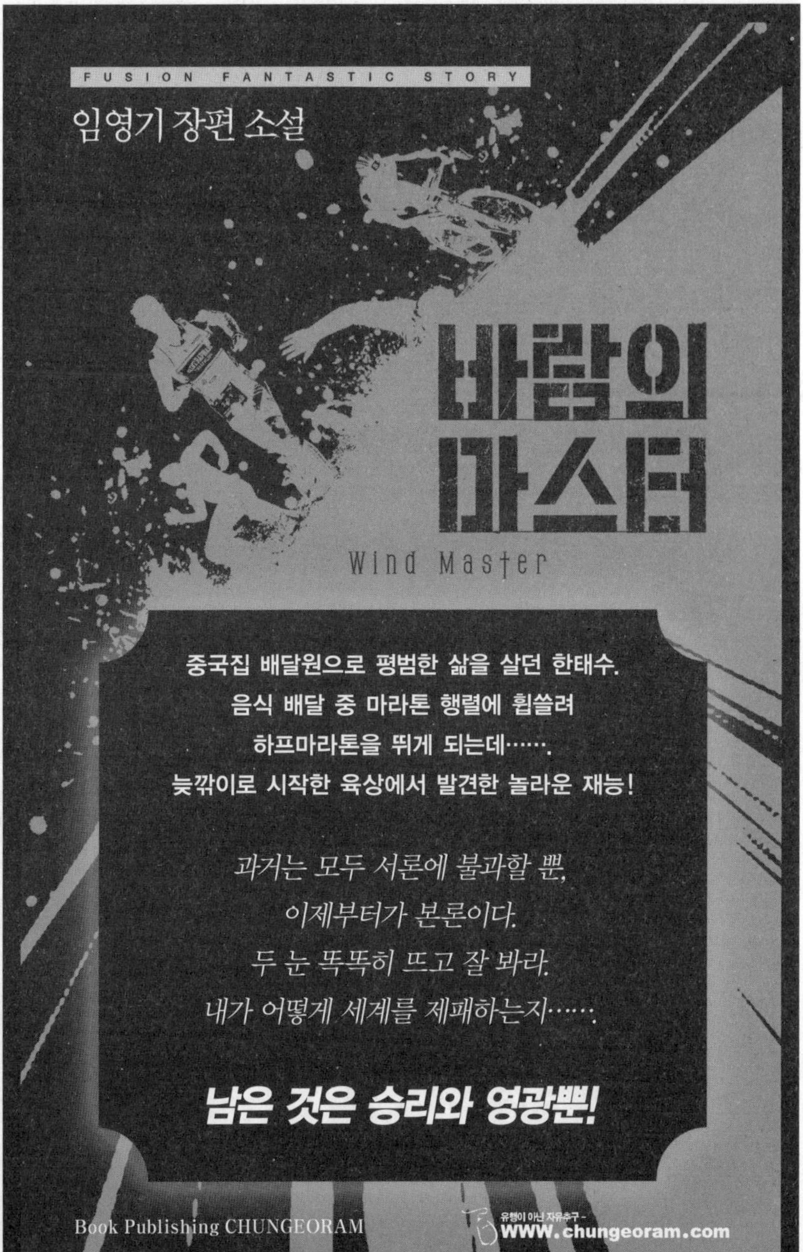
FUSION FANTASTIC STORY
임영기 장편 소설
바람의 마스터
Wind Master
중국집 배달원으로 평범한 삶을 살던 한태수.
음식 배달 중 마라톤 행렬에 휩쓸려
하프마라톤을 뛰게 되는데…….
늦깎이로 시작한 육상에서 발견한 놀라운 재능!
과거는 모두 서론에 불과할 뿐,
이제부터가 본론이다.
두 눈 똑똑히 뜨고 잘 봐라.
내가 어떻게 세계를 제패하는지…….
남은 것은 승리와 영광뿐!
Book Publishing CHUNGEORAM
유행이 아닌 자유추구 -
WWW.chungeoram.com

FUSION FANTASTIC STORY

말리브해적 장편소설

MLB
메이저리그

유료독자 누적 1200만!

행복해지고 싶은 이들을 위한 동화 같은 소설.

『MLB-메이저리그』

100마일의 강속구를 던지는
메이저리그의 전설적인 괴짜 투수 강삼열.
그가 펼치는 뜨거운 도전과 아름다운 이야기!
승리를 위해 외치는 소리-

"파워업!"

그라운드에 파워업이 울려 퍼질 때,

전설이 시작된다!

Book Publishing CHUNGEORAM

유행이 아닌 자유추구-
WWW.chungeoram.com

박선우 장편소설
FUSION FANTASTIC STORY

멋진 인생
Wonderful Life

태어나며 손에 쥔 것이라고는 가난뿐.

그러나 내게는 온몸을 불사를 열정과
목숨처럼 소중한 사랑이 있었다.

『멋진 인생』

모두가 우러러보는 최고의 직장이자 가장 치열한 전쟁터,
천하그룹!

승진에 삶을 바친 야수들의 세계에서 우뚝 서게 되는
박강호의 치열하지만 낭만적인 이야기!

Book Publishing CHUNGEORAM

유행이 아닌 자유추구
WWW.chungeoram.com

강준현 장편소설
FUSION FANTASTIC STORY

인생을 바꿔라

『복수의 길』, 『개척자』 강준현 작가의
2016년 신작!

자신이 무엇인지 알지 못하는 정신체, 염.
세상을 떠돌며 사람의 몸속으로 들어가
에너지를 얻고 나오길 반복하던 어느 날.

사고로 인한 하반신 마비, 애인의 이별 선언,
삶에 지쳐 자살하려는 김철의 몸에 들어가게 되는데……

"뭐, 뭐야! 아직도 못 벗어났단 말이야?"

새로운 삶을 살리라,
정처 없이 떠돌던 그의 인생 개척이 시작된다!

"어떤 삶인지 궁금하다고? 그럼 한번 따라와 봐."

Book Publishing CHUNGEORAM

유행이 아닌 자유추구 -
WWW.chungeoram.com

궁극의 쉐프

Ultimate chef

가프 장편소설

FUSION FANTASTIC STORY

태초의 우물에서 찾은 사막의 기적.
사람의 식성과 식욕을 색으로 읽어내는 능력은
요리의 차원을 한 단계 드높인다.

『궁극의 쉐프』

요리란!
접시 위에 자신의 모든 것을 담아내는 것.

쉐프란!
그 요리에 자신의 가치를 증명하는 사람.

"요리 하나로 사람의 운명도 좌우할 수 있습니다."

혀를 위한 요리가 아닌, 마음을 돌보는 요리를 꿈꾸는
궁극의 쉐프 손장태의 여정이 시작된다!

Book Publishing CHUNGEORAM

유행이 아닌 자유추구 -
WWW.chungeoram.com

철순 장편소설
FUSION FANTASTIC STORY

괴물 포식자

지구 곳곳에 나타난 차원의 균열.
그것은 인류에게 종말을 고하는 신호탄이었다.

『괴물 포식자』

괴물을 먹어치우며 성장한 지구 최강의 사내, 신혁돈.
그는 자신의 힘을 두려워한 인류에 의해
인류의 배신자라는 낙인이 찍히고 죽게 되는데…

[잠식이 100%에 달했습니다.]
[히든 퍼스! 잠들어 있던 피닉스의 심장이 깨어납니다.]

불사의 괴물, 피닉스의 심장은
신혁돈을 15년 전으로 회귀하게 한다.

먹어라! 그리고 강해져라!
괴물 포식자 신혁돈의 전설이 시작된다!

Book Publishing CHUNGEORAM

유행이 아닌 자유추구 -
WWW.chungeoram.com